KB137867

소금 1톤의 독서

소금 1톤의 독서

스가 아쓰코 지음
김아름 옮김

에쎄

일러두기

- 첨자로 부연 설명한 것은 옮긴이 주다.

작가의 말

"한 사람을 이해하기까지는, 적어도 1톤의 소금을 함께 핥아 먹어야 한단다."

밀라노에서 결혼하고 얼마 되지 않았을 무렵, 한 지인에 관해 남편과 별다른 악의 없이 이야기를 나누고 있었다. 시어머니는 불쑥 내게 저렇게 말씀하셨다. 내가 무슨 뜻인지 얼른 이해하지 못하고 어리둥절해하자, 시어머니는 당신도 젊었을 때 자신의 시어머니에게 들은 말이라며 이렇게 설명했다.

"소금 1톤을 함께 핥아 먹는다는 건, 기쁜 일이나 슬픈 일을 다양하게 같이 경험한다는 의미란다. 소금은 보통 조금밖에 쓰지 않으니까 1톤이면 엄청 많은 양이잖니. 그걸 끝까지 다 핥는 데는 긴긴 시간이 걸릴 테지.

그러니까 아무리 오래 알고 지냈더라도 인간은 온전히 이해할 수 없는 존재라는 그런 이야기가 아니겠니."

우리는 그저 시시한 이야기를 나누고 있었을 뿐인데, 시어머니가 진지한 얼굴로 이런 이야기를 꺼내자 신혼의 들뜬 하루하루를 보내고 있던 우리 부부로서는 '인생이란 그렇게 만만한 것이 아니'라고 허를 찔린 것 같아 가슴이 서늘하기도 했다. 세월이 흐르면서 시어머니가 이 이야기를 미묘하게 뉘앙스를 달리해서 쓰고 있다는 것을 깨달았다. 소금을 함께 핥는다는 말은 '고생을 함께한다'는 의미로 '소금'이 강조되는 경우도 있었고, 처음 들었을 때처럼 '1톤'이라는 그 양에 방점이 찍히기도 했다.

고전이라고 불리는 문학작품을 읽노라면 문득 이 소금 이야기가 생각난다. 그 상대가 인간이 아니라 책이기에 함께 소금을 핥는다는 말이 조금 어색하긴 하지만, 구석구석까지 온전히 이해하기 어렵다는 점에서 책, 특히 고전과의 사귐은 사람 간의 관계 맺음과 닮아 있는지도 모르겠다. 그런 책들에는 읽을 때마다 그때까지 깨닫지 못했던 새로운 면이 숨겨져 있음을 깨닫기에 '아 이런 것이 쓰여 있었나' 하고 신선한 놀라움과 끊임없이 마주하게 된다.

오랫동안 알고 지낸 사람이라도 깜짝 놀랄 만한 어떤 일을 계기로 충격을 줄 수 있듯이 고전에는 보이지 않는 무수한 결이 숨겨져 있어서 다시 읽을 때마다 그때까지 보이지 않던 것이 갑자기 눈에 들어오기도 한다. 그 결은 소금 1톤의 이야기에서처럼 상대를 이해하고자 하는 사람에게만 정말 조금씩 열린다. 이탈리아 작가 이탈로 칼비노는 이렇게 썼다.

"고전이란 그 책에 대해 다른 사람들에게 너무 많이 들어서 이미 다 알고 있는 듯하면서도 막상 직접 읽어보면 새롭고 예상을 뛰어넘는 것, 지금까지 누구도 쓴 적 없는 작품이라고 여기는 책이다."

책은 '직접 읽어보는' 적극적인 행위를 조용히 기다리고 있다. 현대사회를 사는 우리는 질릴 만큼 많은 책에 관한 정보에 둘러싸여 있기에 '저 책이라면 잘 알고 있다'고 생각하는 게 누구에게나 몇 권 정도는 있을 것이다. 우리는 어떤 책'에 대한' 지식을 어느새 '실제로 읽었다'는 경험과 슬쩍 바꾸고, 그 책을 읽기보다 '그에 관한 지식'을 손쉽게 접하는 것으로 얼버무리고 있는 건 아닐까. 때로는 발췌한 부분만 읽고도 전체를 읽은 듯한 느낌에 정작 '책'은 소홀히 내버려두기도 한다. 상대를 직접 알기 전에는 연애가 시작되지 않는 것처럼 책도 우선 그 자체를 읽지 않고서는 아무것도 시작되지 않는다.

이렇게 말할 수 있을 것이다. 우리는 시나 소설의 '줄거리'만을 알려고 하고, 자신이 직접 그것이 '어떻게' 쓰여 있는지 파악하려는 수고를 회피하고 있지는 않은가. 예를 들어 나쓰메 소세키의 『나는 고양이로소이다』를 줄거리만 읽는다면 작가가 진정으로 공들인 부분을 깨끗이 무시해버리게 되어 매우 빈약한 즐거움밖에 맛보지 못할 것이다. 이는 고전작품에도 적용된다. 독서의 즐거움이란 다른 게 아니라 이 '어떻게'를 맛보는 것에 있기 때문이다. 칼비노가 말한 것처럼 '읽었다고 여긴' 책을 실제로 읽고 그 새로움에 놀라는 것도 멋진 일이지만, 오래전에 읽고 이렇다 하고 생각한 책을 다시 읽고 나서 그때와 전혀 다른 인상을 받는 일 역시 그렇게 기쁠 수가 없다. 이는 세월이 지나면서 독자 자신이 변하기 때문인데, 어릴 적에는 싸우기도 하고 무심한 사이였지만 어른이 되면서 어떤 계기를 통해 깊은 친밀감을 느끼는 친구 관계와도 닮아 있다. 소금 1톤을 핥는 동안 책이 둘도 없는 친구가 되는 것이다. 그리고 좋은 책일수록 마치 독자와 함께 성장한 게 아닐까 싶을 정도로 독자 수용도가 깊어지고, 넓어진 딱 그만큼 새로운 얼굴로 화답한다. 이는 독자의 인생 경험이 좀더 풍부해졌기 때문이기도 하고, 어학이나 수사, 문학사나 소설 작법 등 읽기 위한 기술을 더 많이 익혔기 때문이기도 하다. 고전이 새로운 결을 열어주지 않는 것은 독자가 인간적으로 성장하지 않았거나 빈손으로 책에 달려들기 때문일 것이다. 내게도 학창 시절에 고전이라는 이유만으로 마치 약을 삼키듯 번역본을 읽어내려간 책이 있다. 당시 감동은커녕 아무것도 느끼지 못했던 베르길리우스의 서사시 『아이네이스』다. 나중에 사전을 찾아가며 라틴어 한 마디 한 마디를 읽을 수 있게 되고, 비로소 이 시인만이 쓰는 형용사나 부사, 수사법이 시 한 줄을 우뚝 일으켜 세우고 있음을 이해했을 때의 그 감동은 절대 잊을 수 없다.

"이런 식으로도 읽히고 저런 식으로도 읽히니까 정확히 무슨 의미인지 모르겠어. 이래서 책이라는 게 참 어려운 거겠지."

소금 1톤 이야기를 들려준 시어머니는 종종 이렇게 말씀하시며 오직 '맨손'으로 책을 읽어야 하는 자기 자신을 안타까워했다. 밀라노에서 동쪽으로 100킬로미터 정도 떨어진 브레시아시의 가난한 시골 농가에서 태어나 초등학교조차 변변히 다니지 못했던 그녀는 그럼에도 진심으로 독서를 좋아하는 사람이었다. 내가 찾아갈 때마다 그녀는 옷 수선 일을 하고 있거나 아니면 식사를 마친 후 식탁보를 걷어낸 나뭇결이 보이는 낡은 키친테이블 위로 가득 책과 신문을 펼쳐놓고 마치 먹어버릴 듯한 기세로 그것들을 하나씩 하나씩 읽었다. 그녀가 사실 포토로망조(번역하면 '사진 소설' 정도가 될 것이다)를 좋아했다는 것을 부끄럽게 여기고 숨겼기에 나는 오랫동안 알지 못했다. 포토로망조란 센티멘털한 러브스토리나 떨어져 살던 친부모와 자식이 재회하는 식의 단순한 로맨스가 싸구려 사진과 손글씨 느낌의 짧은 글로 채워진 흑백 화보로, 제대로 된 서점에는 팔지 않아서 거리 매대에서만 살 수 있었다.

시어머니가 '이렇게도 읽히고 저렇게도 읽힌다'며 고심했던 것은 이 포토로망조가 아니라 아들이 근무하는 서점에서 파는 '진짜' 소설을 말한다. 그중에는 아들의 친구이자 무명 시절에 종종 밥을 먹으러 집에 오던 작가 엘리오 비토리니가 쓴 쉬르레알리슴초현실주의과 네오리얼리즘이 기묘하게 섞인, 그 시절 한참 인기 있는 작품도 포함되었다.

시어머니는 이제는 집에 오지 않는 비토리니를 떠

올리며 말했다. "그렇게 착한 애가 쓴 것들은 어려운 말투성이어서 하나도 모르겠단 말이야."

모르겠다고 하면서도 시어머니는 읽는 것 그 자체를 좋아했기에 점심식사 후 아들이 잠깐 눈을 붙이러 침실에 가면 낡은 책장에서 꺼내온 '소설'을 한숨을 푹푹 연달아 크게 내쉬며 읽곤 했다. 포토로망조나 소설류는 탐닉하듯이 읽는 시어머니였지만 역사驛舍 안에서 옆에 앉은 사람들이 돌려가며 읽곤 하던 영화배우나 왕족 일가, 멋진 남자들의 사진이 잔뜩 실린 통속잡지는 읽지 않았다. 진짜인지 모르는 이야기는 또한 거짓말일 수도 있으니까 재미없다면서.

"이렇게도 읽히고 저렇게도 읽히니까 좋은 소설인 거야."

남편이 이렇게 말하면 시어머니는 네가 제멋대로 떠드는 말 따위는 믿지 않겠다는 표정을 지었지만, 서점으로 출근하는 아들을 배웅할 때의 그녀는 빛나고 있었다.

그러던 시어머니 그리고 남편은 찬찬히 소금 1톤을 같이 핥을 겨를도 없이, 서둘러 가버렸다.

차례

III.

I.

유르스나르의 작고 하얀 집

현대 유럽이 우리에게 남겨준, 잊지 못할 작가 중 한 명인 마르게리트 유르스나르의 작품을 읽게 된 것은 요 몇 년 사이의 일이다. 나날이 깊어가는 그녀에 대한 관심을 억누를 수 없어서 지난해 여름 미국 메인주로 떠났다. 유르스나르가 일생의 반려자이자 여자친구 그레이스 프릭과 함께 살았던 북쪽 섬의 집을 내 눈으로 직접 확인해보고 싶기도 했고, 바다 건너 유럽에 형태를 부여하며 작가로서 성장해나간 풍경을 내 손으로 느껴보고 싶었기 때문이다. 마운트데저트섬. 황량한 섬 산. 작가 내면의 풍경을 드러내는 듯한 이 섬의 이름에 새삼스레 가슴이 뛰었다.

마르게리트 유르스나르의 이름을 세계에 떨친 작품

대부분이 미국 북단 근처의 이 섬에 있는, 베란다가 딸린 숲속의 작고 하얀색 집에서 쓰였다. 그녀가 태어난 곳은 벨기에의 수도 브뤼셀이다. 태어나자마자 어머니를 여의고 친할머니에게 맡겨진 그녀를 키운 것은 플랑드르 지방의 냉랭한 대저택에서의 나날과 아버지가 데려간 따뜻한 햇볕이 내리쬐는 여행지에서의 나날이었다.

그렇다고 하더라도 그 까다로운 아카데미프랑세즈에서 최초의 여성 회원으로 추대될 정도의 작가가 왜 미국에서, 그것도 대도시에서 멀리 떨어진 작은 섬에서 살았던 것일까. 이전까지 경원하기만 했던 유르스나르 작품에 나를 끌어당긴 것은 그녀의 흔해빠진 인생 이야기에 대한 흥미였다. 기원전 2세기를 살았던 로마 황제의 생애를 그린 『하드리아누스 황제의 회상록』이나 17세기 플랑드르에서 궁극의 연금술을 찾아 방랑을 계속하다가 여행길에서 죽음을 맞이한 이단자 이야기인 『어둠의 과정』 등 그녀의 중후한 작품을 읽으면 읽을수록 예사롭지 않은 훌륭한 문체와 이야기의 억제된 흐름, 무엇보다 작품의 배경이자 작품에 은은한 광택을 더하는 유럽 문화의 깊이와 찬란함에 진심으로 빠져들었다. 이뿐만이 아니다. 내가 유르스나르를 좋아하게 된 좀더 개인적인 이유가 몇 가지 더 있다.

그중 하나는 유르스나르가 젊었을 때 플로베르의 서간집에서 발견한 뒤 자신의 작품『하드리아누스 황제의 회상록』의 출발점으로 삼은 희유의 시간에 대한 언급과 관련된다. '이제 신들은 없고 구세주는 아직 등장하지 않은, 인간 혼자 서 있는 다시없는 시간.' 나는 언뜻 바닥이 보이지 않는 깊은 못을 떠올리게 하는 이 문장을 읽고, 유르스나르가 쓰고 싶었던 것은 순수하게 인간적인 시간 혹은 비길 데 없는 소설적인 시간에 관한 것임이 분명하다고 그렇게 내 방식대로 이해했다.

선황제들이 세운 무武의 로마를 자신이 동경하던 그리스 문명의 형태로 재건하던 하드리아누스 황제가 가진 '기댈 곳 없는 가여운 영혼'의 내면 편력. 또는 동시대를 살아가다가 상처를 받고 너덜너덜해진 채 여행을 계속하다 생을 마감한『어둠의 과정』의 주인공 제논. 허공을 만지작거리며 걷는 인간의 시간. 정신의 고독한 편력. 이는 세기말의 시간을 살아가는 우리와 더할 나위 없이 상응할 뿐만 아니라, 유럽의 정신을 만들어낸 그 유례없는 개인에 대한 경도傾倒와 이웃하고 있다는 생각이 들었다.

한 가지 더, 유르스나르가 내 흥미를 끈 이유는 작품 속 여행에 가까워지려는 듯 그녀가 자유롭게 다닌 일생 동안의 여행과 아마도 자기 자신을 위해 의식적으로 확보했을 하얀 집에서의 정지된 시간 사이에 짙게 드리워진 음영의 불가사의한 대치다. 어느 날 그녀는 작정이라도 한 것처럼 긴 여행을 떠난다. 마치 식물이 따뜻한 땅속에 뿌리내리는 것을 두려워하듯이, 베란다가 딸린 작은 집의 허구가 일상에 잠식되어가는 것을 거부하듯이. 아무튼 한곳에 들러붙어 살고 싶은 나에게는(평균치보다는 꽤나 여행을 많이 하는 부류이기는 하지만) 거의 위협적이라 느껴질 정도로 그녀는 여행에 정열을 불태운다. 그러다가 눈 때문에 섬 포장도로를 걷는 것이 어려워지는 겨울이라는 계절이 오면 유르스나르는 저 하얗고 작은 집에 틀어박혔다. 마치 다른 사람이 되어버린 것처럼 행동하기를 의도한 건지도 모르겠다. 동動과 정靜이 중첩되어 풍성한 결실을 맺었던 유르스나르의 시간. 그것은 평생을 여행하며 살았던 황제 하드리아누스에도 견고하게 투영되어 있다.

마운트데저트섬은 1930년대 동해안 부호들의 사치스러운 별장지였다고 한다. 그러다가 1947년에 큰 화재가 일어나 부호들에게 버림받았다. 제2차 세계대전이 유럽을 위협하기 시작했을 즈음, 파리에서 막 알고 지내던 그레이스에게 권유받은 대로 피란을 위해 미국으로 건너간 유르스나르가 여름휴가를 이 섬에서 보내게 된 것은 대화재 직후의 일이다.

'만약 그녀가 편하게 계속 유럽에 있었더라면……' 섬의 북동부에 위치한 별장지 변두리의 완만한 언덕길에 접해 있는 작고 하얀 집 앞에 서서 나는 생각했다. 그녀가 영어를 할 줄 안다는 것을 이웃들조차 몰랐을 만큼 고독했던 미국 생활 속에 유르스나르가 스스로를 가두지 않았더라면 유럽식 사고의 결정체와도 같은 『하드리아누스 황제의 회상록』이나 『어둠의 과정』은 탄생하지 못했을지도 모른다.

미도리 씨의 책

노랑 전등 불빛 아래, 미도리 씨는 아까부터 다림질을 하고 있다. 베네치아에 있는 그녀의 집 부엌에 딸린 작은 방에서 나는 그녀 옆에 의자를 가져다놓고 뭐라고 떠들고 있긴 하지만, 사실 그 내용은 뒷전이었다. 나는 마치 보리밭에 드러누워 종달새 소리를 듣고 있는 남자아이처럼 감탄하면서, 그녀가 꾹꾹 힘을 주며 가느다란 주름 속으로 다리미 앞부분을 밀어넣거나 몸으로 박자를 맞추듯 다리미판 양쪽 끝을 세차게 왕복하는 것을 바라보고만 있다. 도와, 드릴까요, 라고 말할 뻔했으나 그녀의 익숙한 손놀림을 보고 있노라니 그런 말은 꺼내지도 못하겠어서 그저 바라만 보았다. 식사가 끝나자마자 원고를 쓰겠다며 서재에 틀어박혀버린 그녀의 남편을 신경 쓰느라 우리 말소리는 자칫 웅얼거리기 십상이었다.

1984년쯤이었을까, 나는 나폴리에 3개월 정도 머무르고 있었다. 5월이었나, 나폴리와 베네치아의 꼭 중간쯤에 위치하고 아드리아해에 접한 페자로라는 작은 마을에서 일본 영화제가 열렸는데, 그저 문헌 번역 일을 약간 도왔을 뿐인 나도 나폴리 대학의 동료들과 함께 초대를 받았다.

일주일간 「단게사젠丹下左膳」하세가와 사이타로의 펜네임인 하야시 후보가 쓴 신문 연재 시대 소설을 원작으로 한 1958년 영화. 감독은 마쓰다 사다쓰구부터 「도라상」원제는 『남자는 괴로워』. 야마다 요지 감독의 작품. 1969년부터 1995년까지 26년간 총 48편이 제작된 시리즈 희극 영화, 「우게쓰 이야기雨月物語」에도시대 후기 작가 우에다 아키나리의 작품을 각색한 1953년 영화. 감독은 미조구치 겐조, 「도쿄 이야기東京物語」오즈 야스지로의 1953년 영화에 이르기까지 일본 영화를 밤낮없이 계속 보면서 의외로 이것도 수월치 않음을 뼈저리게 느꼈다. 당시 베네치아에 체류하던 미도리 씨 부부 역시 초대를 받아 같은 호텔에 머물고 있었다. 미도리 씨와 나는 어릴 적부터 같은 학교를 다녔고, 학생 수가 적었기에 서로 얼굴을 알긴 했지만 차분하게 이야기를 나눠본 적은 없었다. 우리는 겨우 서너 살 차이가 났음에도 아이의 눈에는 그것이 뛰어넘을 수 없는 장벽처럼 여겨졌고, 상급생인 나는 언제나 우등생이었던 눈부신 미도리 씨를 바라만 봤다.

우리가 각자 다른 길을 걷게 된 후에도 이런 관계는 계속됐는데, 줄곧 나에게 일이란 무엇일까에 대해 생각해온 사람으로서 나는 미도리 씨의 궤적을 좇아왔다. 이 사안에 관해서만큼은(다른 분야도 마찬가지지만) 그녀를 존경해 마지않는 선배로 삼고.

오랜만에, 그것도 이탈리아의 궁벽한 마을에서 만난 것이 반가웠지만 그녀는 일본에서 온 영화인이나 평론가들과 함께였고 나는 나대로 나폴리대학 사람들과 있어야 했기에 그녀와 복도에 서서 스치듯이 이야기를 나눈 정도로 그친 것이 안타까웠다.

무사히 영화제가 끝난 뒤 나는 나폴리로, 미도리 씨 부부는 이튿날 베네치아로 출발해야 할 즈음 뜻밖에도 그녀가 말을 걸어왔다. "우리 부부는 렌터카로 여기저기 다니면서 돌아가기로 했는데 혹시 괜찮으면 함께 가는 게 어떨까요. 베네치아에서는 우리 집에 머무세요."

이렇게 해서 나는 그녀의 안내를 따라 베네치아 도르소두로 92번지 A에 위치한, 미도리 씨의 표현에 따르면 '변칙 삼층집'에 초대받았다. 그녀와 함께 베네치아의 골목길 사이사이를 더듬거나, 이제껏 가본 적 없는 파도바에서 동경하던 조토의 벽화와 마침내 대면하는 등 즐거운 시간을 보냈다. 고작 2~3일이었지만 베네치아에서 호텔에 머무르기만 했던 내게 '밤에 돌아갈 집이 있다'는 것은 무척이나 마음 따뜻해지는 경험이었다.

도쿄에 돌아온 미도리 씨가 『베네치아 생활』을 보내온 것은 그로부터 얼마 안 되었거나 몇 년 뒤의 일이었을 것이다. 야단스럽지 않은 미도리 씨다운 차분한 느낌의 겉표지를 가진 책이었는데, 책장을 펼쳐서 보니 저자의 예사롭지 않은 지식의 넓이와 깊이 그리고 정확함에 감명받았다. 깊은 인내심을 가지고 대상을 찬찬히 보고 확인하는 저자의 교양과 소질이 명쾌한 이성으로 뒷받침되어 어느 장에서나 빛을 발하고 있었다.

『베네치아 생활』은 '마을로'라는 장으로 시작해 배, 그림, 섬 등 직설적이고 간결한 제목의 10장과 '마을에서부터'로 마무리되는 고전적인 구성으로 되어 있다. 저자의 지식과 호기심은 베네치아의 현재에 그치지 않고 서양사, 일본사, 영문학사, 사회사, 지리 등 여러 분야에 걸쳐 있으며, 입수한 정보 하나하나를 자신의 힘으로 면밀히 음미하고 납득한 뒤 분석한다. 나는 이 견실한 방법론에 혀를 내둘렀다. 지금까지 내가 이 마을에 대해 생각하고 쓴 것 전부 진부해져서 마치 적당히 푹푹 찔러 뜬 볼품없는 스웨터처럼 보였을 정도다.

가령 '쓰레기'라는 제목이 달린 장은 베네치아의 하수구 및 쓰레기 처리장에 관한 내용으로, 저자는 정말 아무 일도 아니라는 듯 다음과 같이 적고 있다.

"실은 이 챕터를 쓰기 전에 베네치아의 하수 구조에 관한 질문지를 작성하고, 반송용 봉투와 국제 우표를 첨부한 다음 시청의 토목과와 위생과, 환경단체 등에 보내봤다."

통신사의 유능한 기자였던 저자로서는 이 과정이 당연한 일인지도 모르겠다. 그렇지만 베네치아를 몇 번이고 방문한 뒤에야, 그마저도 간신히 무거운 몸을 일으켜 흔해빠진 안내서를 펼쳐보는 정도로 이 마을에 대해 서술했던 나태한 내게는 그저 감탄을 불러일으키는 치밀함이었다. 이렇게 해서 하수도와 쓰레기 처리를 위한 베네치아 판 '꿈의 섬 유메노 시마, 1957년도에 도쿄에 조성된 쓰레기 매립지'이 직접 처리장까지 방문해본 저자에 의해 꼼꼼히 설명되어 있어서 평범한 여행자라면 눈길도

주려 하지 않을 이 '꿈같은 섬'의 현실이 노골적으로 드러난다.

한편 『베네치아 생활』이 묵직이 현실을 직시했다고 해서 이를 르포라고 딱 잘라 말하기는 어렵다.

'섬'이라는 장이 그렇다. 작가는 "섬들이 저마다 고유한 역할과 얼굴을 갖고 있다"라는 글머리로 시작해 무라노는 까마귀 섬, 부라노는 화려한 색채의 민가와 인종의 섬이라고 하는 식으로 차례차례 정의 내린 후 다음과 같은 내적 성찰이 넘쳐나는 문장을 건넨다.

"섬은 또한 고독과 정숙의 장소, 적어도 그런 느낌을 기대받는 장소다. 스스로 나아가거나 혹은 사람들의 기대에 따라 모습을 감춰야 하는 인간은 같은 부류끼리 모여 특정 섬으로 향한다. 죽은 자는 산 미켈레로 향한다. (…) 죽은 자 옆에서 자기 몸의 격리를 요구하거나 요구받는다. 여기서 인종이란 수도사와 병자, 병사다."

저자는 기수호氣水湖(반염호)에 산재하는 무수한 섬을 직접 방문하기도 하고 고금의 문헌을 통해 부지런히 찾곤 한다. 영국인 히스가 이름 붙인 '장미의 늪'(베네치아 사람이 기수호 안의 조수가 밀려들지 않는, 이른바 '죽어 있는' 장소에 이렇게 아름다운 이름을 붙인 이유는 무었이었을까)에 떠 있는 납골당의 섬 산타리아노의 고딕적 정취가 가득한 탐방기 등은 왠지 섬뜩해서 그다지 흥미가 가질 않는다. 그리고 토르첼로섬에 있는 '고독한' 모자이크로 표현된 성모 마리아의 '영원히 얼어붙은 한 방울의 눈물'을 올려다보고 있는 장면에서는 지금까지 누르고 눌러온 저자의 문장이 보기 드물게 고양된다. '섬'은 이 책에서 독자를 가장 감동시킬 만한 장이다.

아니, 마지막쯤에 등장하는 '축제'의 장도 잊을 수 없다. "찬비가 그치지 않는 어느 겨울날, 산마르코 광장의 회랑에 이상한 그림자가 나타났다"라고 시작하는 글의 첫머리를 약간의 미문체로 가장한 데는 이유가 있다. 가면을 쓰고 베네치아의 카니발에 모인 사람들이 이 장의 주인공이기 때문에. 겨울에 불꽃놀이가 작렬하는 2월의 산마르코 광장은 사육제 동안에만 세계 극장의 무대가 되어 1년에 한 번 열리는 가장假裝의 즐거움에 어린아이들까지 몸을 불사른다. 저자는 말한다. "(이전) 계급사회의 시민들이 한때나마 가장假裝을 통해 평등하게 인생을 즐긴 것에 비해, 관리되는 평등사회의 시민들은 가장 속에서나 큰 소리로 자신을 드러낼 기회를 발견한다"라고.

몇몇의 화려한 축제가 끝난 뒤 집 앞 작은 광장에 있는 카페의 의자에 앉아 '해질녘 어슴푸레 빛나는 시간이 한없이 길어지는' 여름날의 도래를 음미하는 저자 옆에 가만히 의자 하나를 끌어당겨다놓고 캄파리 한 잔을 손에 쥐고 싶은 이는 나뿐만이 아닐 것이다.

"내가 여기서 아무것도 하지 않고 앉아만 있더라도 베네치아의 마을은 계속해서 호흡한다. 그 풍요로움과 매혹은 계속해서 살아 있다. 이제 와서 굳이 아득바득 움직일 필요가 있을까. 감미로운 무위. 나 혼자만의 들뜬 마음의 축제."

여기까지 읽고 나면 독자들은 한 가지 사실을 깨닫게 된다. 『베네치아 생활』은 이 기묘한 바닷가 도시에 관한 탁월한 기록이라는 점과 미도리 씨가 오랜 시간에 걸쳐 이뤄낸 정신의 자유와 평안을 스스로 확인하며 그것에 대해 기술한 일종의 내면의 기록이라고 할 수 있다는 점을 말이다. 그리고 무엇보다 이 책에는 행간마다 그녀가 사랑하고 그녀를 사랑하는 사람들을 향한 마음이 귀한 향처럼 피워져 있어 독자에게 평온함과 위안을 안겨준다.

베네치아 작은 집의 노란 전등 불빛 아래에서 그 평온함에 둘러싸인 채 가끔씩 얼굴을 들고 가만히 이쪽을 응시하며 작지만 또렷한 목소리로 내 이야기를 하고는, 다림질을 하러 돌아온 미도리 씨의 모습을 나는 또다시 마음으로 따른다. 그 뒤로는 어딘가 쓸쓸해 보이지만 마른 몸에 빛나는 눈을 한 어린아이 시절의 미도리 씨가 쑥스러운 듯이 웃고 있기에 나도 모르게 어머, 오랜만이구나, 하고 말 걸고 싶어진다. 내게 『베네치아 생활』은 그런 두 사람의 미도리 씨가 쓴 소중한 작품이다.

이치요의 참을성

이치요의 글을 처음 읽은 것은 아마 전쟁이 끝나고 수년 뒤의 일이 아니었을까. 패전한 해에 나는 전문학교 영문과에 들어갔고, 신설된 여대에 입학해서도 영문과에 적을 두고 자나 깨나 영어에 쫓겼다. 내가 스스로 선택한 것이긴 했지만 외국어만 공부하기에는 뭔가 허전함을 느꼈는지도 모르겠다. 무슨 상황에서, 어떤 판版으로 읽었는지는 기억나지 않지만 작품명은 『십삼야』였다. 격조 높은 집에 시집간 딸 오세키가 더 이상 참지 못하겠다며 부모 곁으로 돌아오지만 결국에는 설득당해 남편의 집으로 돌아간다. 집으로 가기 위해 잡아 탄 인력거가 어릴 적 친구인 로쿠가 집안이 몰락한 뒤 초라해진 모습으로 끄는 것이었다는 어둡고 쓸쓸한 이야기였다. 내가 무엇보다 충격받은 것은 주인공 오세키와 닮은 듯한, 마치 독자를 다그치는 듯, 혹은 어딘가 이를 악문 것 같은 문장의 리듬이었다. 그리고 일본어 문장이 이렇게 한숨 돌릴 틈도 주지 않는 길이로, 그것도 논리에서 벗어나지 않고 이어지고 있다는 점이 놀라웠다. 나는 한때 혼자서 이치요를 흉내 내다가 나중에는 문어투로 문장을 맺는 연습을 거듭해보곤 했다. 여러 작품을 읽으면서 이치요가 여자라는 점을 알게 되었을 때 나는 침울해질 수밖에 없었다. 허울 좋은 여성 해방의 외침에도 불구하고 사회적으로, 개인적으로도 여성이 걷는 길은 막혀 있었다.

『키 재기』를 읽은 것은 꽤 이후의 일(그사이에 몇 번이고 읽다가 중간에 그만뒀다)이었는데 『십삼야』를 처음 읽었을 때만큼의, 그리고 많은 사람이 『키 재기』를 이치요의 작품 중 최고로 손꼽는 것만큼의 감명을 받지는 못했다. 워낙 내가 청개구리 같은 성격인지라 모두가 입을 모아 칭찬하니 나도 모르게 반발심이 들었던 것일 수도 있다. 『키 재기』의 영향을 받았다고 알려진 기후의 『스미다강』이 인용에 의해 모두 추상화되어 있어서인지 좀더 잘 읽힌다.

그래도 지금 『십삼야』를 읽어보면, 문장의 기세가

어떻든 간에 전체적인 완성도 측면에서 신선하고 생기 있는 『키 재기』에는 당하지 못한다. 하지만 이치요의 작품에 흐르고 있는 날카로운 아픔, 즉 여자로 태어난 비애는 요절의 예감으로도 읽혀 측은한 마음이 든다. 그리고 『흐린 강』의 리키나 『섣달그믐』의 오미네 등 이치요의 여주인공들이 그 늠름한 품위를 잠시도 잊지 않고 있음에 감동한다. 자신이 인내하고 있는 것이 무엇인지 모르는 이들이기에 이치요의 참을성이 한층 더 찬란하게 보인다.

언젠가 미국에서 온 여학생이 '한 땀 한 땀 바느질해가는 기노모와 같은 이치요의 비애는……'이라며 이치요에 관한 리포트에 쓴 적이 있다. 그녀는 이치요의 참을성을 통해 일본인인 자신의 어머니가 미국에서 힘들게 살아가는 모습을 읽어낸 것일까, 하는 생각에 가슴이 저려왔다.

『인도 야상곡』과 분신

자신이 죽어 있는 장면을 어딘가에서, 대개는 조금 위쪽에서 바라본다. 가끔 이런 체험담 같은 것을 읽을 때면 이상한 기분이 든다. 최근 문학계에서는 주인공이 두 사람으로 분리되어(인격 분열이 아니라) 상대를 찾는 분신을 소재로 한 이야기가 종종 화제가 된다.

그것과는 좀 다르긴 하지만, 나는 분신이라고 하면 먼저 손오공을 떠올린다. 손오공은 곤란한 상황에 직면하면 몸에서 털을 뽑아 입김을 불어넣고 무수한 분신을 만든 다음 자기 대신 완력을 휘두르게끔 한다. 돌아가신 어머니는 우리가 어린아이였을 때 그 이야기를 활용하곤 했다. 남동생이 하릴없이 울 때면 동생의 머리카락을 손끝으로 살짝 잡고 후~ 하고 입김을 불어

넣으며 "자, 이제는 분신이 울고 있으니까 괜찮아"라고 이상한 주술을 부리기도 했다.

그래서인지 분신이라는 말을 들으면 나는 지금도 남동생의 머리카락을 집은 어머니의 가늘고 홀쭉한 손가락이 문득 떠오른다. 외출을 싫어하는 어머니가 어쩔 수 없이 집을 나가야만 하는 상황이 되어 고민에 잠겨 있으면 우리 자매는 분신을 보내면 어떨까, 하며 어머니를 위로하곤 했다.

지난해 내가 번역한 이탈리아 소설『인도 야상곡』이 프랑스에서 영화화된 후 지금은 일본에서도 상영되고 있는데, 이 소설의 원작자인 안토니오 타부키가 분신의 트릭을 잘 쓴다. 그의 작품은 그런 게임적 성격을 다분히 지니면서도 건조한 지적 유희로 끝나는 법이 없다. 그리고 이야기 곳곳에서 (이탈리아인다운) 인간적인 따뜻함이 느껴지는데, 그 은은한 향 같은 것이 매력이기도 하다.

그런 타부키가 번역한 페르난도 페소아라는 인물의 포르투갈어 시집이 요즘 이탈리아에서 인기를 끌고 있다. 이 시인은 남아프리카에서 자라 스무 살 즈음에 할아버지의 나라인 포르투갈로 돌아가 리스본의 무역 회사에서 편지나 문서 번역 등을 하며 생을 마쳤다.

그 또한 손오공 못지않게 분신 만들기의 명인이다. 페소아는 자기 자신을 제외하고 이름부터 라이프 스토리 등 저마다 다른 시인을 세 명이나 더 만들어 마치 그들이 쓴 작품인 양 시집을 발표했다(이를 '헤테로님 heteronym 혹은 이명異名'이라 부른다). 그는 이들의 문체마저 서로 겹치지 않게 해놓았다고 한다. 타부키가 분신 이야기를 쓰게 된 것도 페소아와의 만남이 발단이 됐다고 하는데, 한 이탈리아인 친구가 타부키에 빠져 있는 나를 놀리며 이렇게 말했다. 너 그거 몰라? 타부키는 페소아가 이 세상에 남겨놓은 또 하나의 헤테로님에 지나지 않아.

페소아는 남아프리카에서 보낸 소년 시절 오로지 영어로만 글과 시를 쓰고 대학 입학 시험을 치를 때는 영어 에세이로 최우수상을 받기도 했다. 그러다가 포르투갈에 돌아와서는 모국어였던 그 나라의 말로만 글을 썼다. 그리고 1935년에 타계했다.

2개 국어를 하는 것이 좋다는 등 인간을 편리한 기계로 간주하고 싶어하는 무책임한 의견이 횡행하고 있다. 하지만 뭔가를 쓰는 사람에게, 또한 자신의 아이덴티티를 소중히 여기는 사람에게 두 개의 다른 언어를 갖는다는 것은 하나의 해방구인 동시에 분신 혹은 헤테로님을 만들고 싶어질 정도로 부담이 되는 측면도 있는 것은 아닐까. 페소아의 헤테로님 중 하나인 알바루 드 캄푸스의 다음과 같은 시구가 그 괴로움을 전하고 있는 듯하다.

> 지금의 나는 익숙해질 리 만무했던 나로
> 원래부터의 나로 완성된 내가 아니다.
>
> _『포르투갈의 바다』

이 시에는 여러 개의 언어 사이를 오가는 번역이라는 일에 엮인 시인이 직면했던 모순이 행간에 스며들어 있다. 동시에 그것은 현실과 허구라는 두 개의 다른 세계를 왕래하는 모든 작가의 고통과 불안이기도 하며 더욱이 궁극적인 자기완성은 우리 내부에 있는 다른 모든 가능성을 인내심 있게 펼쳐 보이는 복잡한 작업임을 상기시켜준다.

타부키 역시 이탈리아어와 프랑스어를 거의 모국어 수준으로 구사하는 포르투갈인 부인과 함께 두세 가지 언어를 일상에서 사용했다. 그런 점이 그의 작품에 지금까지 이탈리아 문학에는 없었던 유의 보편성을 부여하고 있는 것이 분명하다.

번역으로는 전달되지 않았을지 모르겠으나 『인도 야상곡』의 원작에는 영어와 포르투갈어, 이탈리아어가 착종되어 있다. 그것들은 자갈을 품고 있는 나무뿌리처럼 문장 '조직'이라 할 수 있는 것의 속까지 침투해 있다.

예를 들어 프랑스판 영화 「인도 야상곡」에서는 주인공의 이름이 프랑스식 표기인 쿠사비에로 되어 있으나 원작자 타부키는 그건 포르투갈어로 샤비엔이야, 하고 말했다. 주인공이 사용하는 복수의 언어에 자신의 정체성 찾기가 담겨 있고 이것이 픽션의 주 요소가 된 사례는 좀처럼 찾아보기 어렵다. 일찍이 영어로 글을 쓰기 위해서 폴란드어나 러시아어를 버린 조지프 콘래드폴란드 태생 영국 작가나 블라디미르 블라디미로비치 나보코프러시아 태생 미국 작가는 이에 대해 뭐라고 말했을까.

세 가지 지구적 감성의 교착

이것과 이것은 연결되어 있지 않다. 그렇다. 막연하게 단정 지어버렸던 것이 우연한 발견에 의해서나 자신이 지금까지 서 있던 장소에서 약간 벗어나는 것만으로 새로운 풍경이 되는 경우가 있다. 이케자와 나쓰키의 에세이 「바다의 파편」(『보이지 않는 박물관』, 고자와 출판사)을 읽다가 요즘 작업 중인 이탈리아 소설가 안토니오 타부키의 『포르투 핌의 여인』을 떠올렸다. 아소르스 제도의 바다와 고래에 대한 짧은 글들을 모아 엮은 이 작은 책은 지구와 인간과 같은 우리가 어쩌면 영원히 잃어버리기 시작한 것들에 대한 미래형의 애석함을 말하는 듯하여 이케자와의 세계와 연결된다. 두 작가가 같은 세대에 속해 있다는 점이 지구적이라고도 표현할 만한 그들의 신선한 감성을 연결하고 있는 것일까. 그리고 두 사람 다 깊은 관계를 맺은 적이 있는 지중해가 그들 문학이 지닌 창백한 그늘의 원점인 것은 아닐까. 이런 것들을 생각하고 있을 무렵 이케자와 나쓰키가 한때 생텍쥐페리에 경도된 적이 있었음을 알게 되었다(「해도海圖와 항해 일지」(『스위치』 5월호). 『인간의 대지』에는 "비행기를 통해 우리는 직선을 배웠다. 이륙하자마자 우리는 가축에게 물을 먹이는 곳이나 외양간으로 내려가는 길 혹은 도시에서 도시로 구불구불 휘어져가는 길을 버린다"라는 문장이 있다. 이를 읽으면 타부키, 이케자와, 생텍쥐페리 세 사람이 지구의 시간을 하늘이나 바다에서 바라다보고 있는 듯한 기분이 든다.

날카로운 통찰력을 지닌 키냐르의 작품

읽고 싶은 책을 읽을 시간이 좀처럼 확보되지 못해 정신을 차리고 보면 '읽고 싶었'는데 '아직 읽지 않은' 책이 식탁이나 베개 밑에 수북이 산을 이루고 있다.

지난해 가을에 출판된 파스칼 키냐르의 『알부키우스』는 그런 책 중 한 권이었다. 신뢰하는 여러 독자가 그 책 꽤 좋아요라고 (지금 생각해보면 의미심장하게) 말했고, 내가 마침 1세기의 로마에 대해 조사하고 있는 데다 이 책은 쇠퇴한 로마에 관한 것임에도 어딘가 심오함을 지니고 있는 듯했다. 어떻게서든 읽지 않으면 안 되겠다고 생각하며 읽을 기회를 엿보고 있었다. 하지만 키냐르라는 프랑스 작가에 대해서는 특별히 아는 바가 없었고, 2년 전쯤에 그의 작품을 영화화한 「세상의 모든 아침」을 보았을 때도 그리 끌리지 않았다.

『알부키우스』 읽기는 새로운 언어의 세계에 접한다는 의미에서 하나의 무거운 체험이자 확실히 만만치 않은 일이었다. 이 제목은 상당히 상세하게 설명된 문학사에서도 불과 몇 줄밖에 나와 있지 않은 일종의 '연설가'의 이름에서 유래했다. 카이사르부터 아우구스투스 시대를 살았던 이 인물이 남겼다고 전해지는 단편을 소설의 뼈대처럼 이어 붙이고 거기에 공상을 한데 뒤섞어 완성한 전기이자 희유의 문체로 써내려간 한 세대를 향한 코멘트라고도 할 수 있는 책이다. 라틴 문학사에 따르면, 알부키우스(이탈리아어로 하면 무려 알부초가 되는데, 흡사 라틴 이름을 유아어로 만든 듯한 이 이름이 그에게 잘 어울린다)는 단정함을 중시하는 그리스 방식에서 아시아주의로 이행한 시대, 다시 말해 로마로 흘러든 소아시아의 웅변가들이 과잉된 장식에 정열을 쏟으며 외설을 즐기던 시기를 대표하는 기인이었다고 한다. 키냐르는 이렇게 썼다. 알부키우스가 편애하는 것은 외설인 고로 '언어의 총체에서 분리된' 듯한 '인간의 언어 혹은 경험의 폐기 처리장'에 오히려 꼭 들어맞기 때문에 제도화를 면한 잡동사니, 언어 이전의 언어인 것이라고. 알부키우스가 '다섯 번째의 계절'이라고 부르는 시간에 빠진 독자는 절단된 손, 배설물, 성기, 구토 그리고 그것들이 발하는 냄새에 감성을 빼앗겨 흐물흐물 녹초가 되다가도 현대의 언어가 표현하려는 것의 의미를 날카로운 통찰력으로 보여주는 이 소설에서 근래에는 느낄 수 없었던 만족감을 경험하고 다시 그것에 놀란다.

키냐르를 읽은 뒤 제목의 은유가 지닌 고전성에 응석이라도 부리고 싶었던 걸까, 연달아 히노 게이조의 신작 『빛』을 읽었다. 이과계의 발상이 뒷받침된 이 작가의 작품은 관련 분야에 어두운 내게 어려워야 마땅하겠지만, 그가 그려내는 하늘과 그 하늘을 응시하고 있는 인물들에게 언제나 깊은 감명을 받는다. "이번 작품은 SF입니다." 이 책을 먼저 읽은 사람의 말을 듣고 과연 내가 읽을 수 있을까, 불안하기도 했지만 책장을 넘겨보니 그 '하늘'도, 그것을 응시하는 인물들의 눈도 건재하는 듯해서 쭉쭉 읽혔다. SF로 불리는 것은 주인공이 달 표면 기지의 요원이자 우주비행사이기 때문이다. 주인공과 그를 둘러싼 사람들은 '인간은 사실 이렇기 마련이다'라는 사실을 깊이 파헤치기 위해, 가령 신경과 병원에 들어가거나 신주쿠의 지하도에서 오물투성이가 되거나 하면서 갖은 역경을 겪어낸다.

주인공이 기억상실증에서 회복하는 것에서 나아가 초월에 다다르는 길은 과장해서 말하면 현대의 『신곡』으로 치환할 수 있을 법한데, 그 길에 오염과 외설이 있다는 점이 『알부키우스』를 상기시키기도 해서 키냐르의 작품으로 혹사당한 내 신경을 어루만져준다. 새해 벽두부터 이 두 권의 책으로 축복받은 올해는 좋은 한 해가 될지도 모르겠다.

매혹적인
'외국어' 문학

작가가 여러 사정으로 인해 모국어가 아니라 '외국어'인 언어로 쓴 훌륭한 작품이 있다. 민족의 이동이 (종종 불행한 상황 속에서) 거의 일상화된 현대에는 그런 작가의 층이 이전과는 비교할 수 없을 정도로 두터워졌다.

1987년에 프랑스 공쿠르 상을 수상한 모로코 출신의 타하르 벤 젤룬도 그런 작가 중 한 명으로, 최신작 『모래의 아이』는 얼핏 옛날이야기처럼 보이는 매혹적인 작품이다. 인습에 얽매인 아버지 때문에 여자아이임에도 남자아이처럼 길러진 소녀 아흐메드의 이야기로, 저자는 직업적 이야기꾼여기서 저자는 쓰지코샤쿠라는 일본어를 사용했다. 이는 노상에서 군담, 강담 등을 들려주고 돈을 받는 사람을 말한

다을 화자로 삼는 전통적인 아랍세계의 이야기 형식으로 전체를 지탱한다. 그리고 부친이 사망한 이후 주인공이 사막을 떠도는 이야기로 구성된 후반부에서는 결말의 대부분을 독자의 선택에 맡기는 대범한 수법을 쓰고 있다. 선택지만 늘었을 뿐 선택의 이유 그 자체는 별로 문제시되지 않는 오늘날의 세계를 상징하고 있는 것으로도 읽힌다.

스리랑카에서 태어나 영국을 경유해서 캐나다에 살고 있는 작가 마이클 온다치는 『잉글리시 페이션트』로 1992년에 영국의 부커상을 받았다. 단편적이고 때때로 상징시를 그대로 삽입한 것 같은 이 작품의 어조는 익숙해지기 전까지는(상징시를 해석하는 것은 불가능에 가깝다는 의미에서) 잘 읽히지 않을 수도 있다. 그럼에도 1945년 전쟁 말기, 피렌체 교외의 폐허와도 같은 대저택으로 보내온, 그을린 얼굴에 모르핀으로 목숨을 이어가고 있는 전직 비행사 '잉글리시 페이션트'가 들려주는 이야기를 중심으로 연합군의 승리로 남겨진 네 명의 인물이 섬세하게 풀어내는 담담한 색조의 이야기는 한번 읽기 시작하면 멈출 수 없다. 안이하게 결말이 내려지는 에피소드가 애석하기는 하지만, 문체와 더불어 현대사회의 은유로도 읽히는 함축성 있는 작품이다.

종주국이라고 불리는 국가들이 이야기를 잃어버린 듯한 오늘날, 이 작가들이 오래된 언어로 된 이야기를 새로운 수법으로 부단히 해나가는 이 현상은, 사정이 약간 다르긴 하지만 기원전 1세기에는 새로운 언어인 라틴어를 오래된 그리스 시 운율에 짜 맞춰넣은 『아이네이스』로 라틴 시의 형식을 완성시킨 베르길리우스를 상기시킨다. 유대인계 평론가 존 스타이너는 새로운 세계 도시를 건설하기 위해 한창 불타오르고 있는 트로이를 고난 끝에 탈출한 아이네이스를 주인공으로 한 이 고전작품을 난민과 약자의 문학이라고 평가했다. 이 또한 하나의 위대한 문화가 다음 문화에 자리를 양보한 시기의 상징적인 문학으로 읽을 수 있다.

사진의 예감에 이끌려

폴란드 시인 비스와바 쉼보르스카(1923년 출생)의 시를 읽고 싶다고 생각한 것은 딱히 그녀가 작년에 노벨 문학상을 받아서가 아니라 올겨울에 친구가 준 한 장의 이상한 사진 때문이었다. 평소에 자주 입는 옷인 듯한 스트라이프 블라우스 차림에 인터뷰를 하는 듯 약간 당혹스러운 표정으로 텔레비전에 출연한 그녀가 오래전부터 알고 지내던 그리운 친구처럼 여겨졌다. 그녀는 대단한 시인임에 틀림없다. 그렇지만 나는 폴란드어를 모를뿐더러 서양의 전통이 기반이 된 시는 그것이 지성과 감성으로 뒷받침된 '진짜'일수록 일본어로 아름답게 옮기기 어렵기에 두려워서 번역본을 찾아보지도 못하고 사진만 바라보다가 계절을 넘겼다.

5월에 『끝과 시작』이 출간되었다. 쉼보르스카의 가장 최신작(1993)인 작은 시집이다. "모든 전쟁이 끝날 때마다/누군가는 청소를 해야만 하리/그럭저럭 정돈된 꼴을 갖추려면 뭐든 저절로 되는 법은 없으니"번역은 『끝과 시작』(최성은 옮김, 문학과지성사, 2007)에서 차용함라는 구절로 시작되는 시가 있다. 그녀는 고국을 몇 번이고 짓밟아 팔아넘긴 무리들에 대해 아무렇지도 않게 늘어놓은 무난한 언어를 규탄할 때도, 먼저 가버린 애인과 함께 바라보던 호숫가에 지금은 혼자 서 있는 자신을 한탄할 때도(「풍경과의 이별」) 넓은 보편성 속에서 산뜻한 여성스러움이 번쩍거린다. 또한 '확신은 아름답다/하지만 약간의 의심은 더 아름답다'(「첫눈에 반한 사랑」), '좋아한다고 하더라도—/치킨 스프를 좋아하는 사람도 있고'(「어떤 사람들은 시를 좋아한다」) 등에서 보이듯 번역되는 과정에서 필연적으로 파괴될 수밖에 없는 것들을 넘어서서 시가 전해진다. 겸허함이 가슴을 울리는 노벨 문학상 기념 강연의 번역과 명쾌한 해설이 좋다.

7월에는 그녀의 가장 원숙한 작품집이라 평가받는 『다리 위의 사람들』(1986)의 일본어판이 나왔다(구도 유키오 옮김, 쇼시야마다 출판사, 상세한 설명 첨부). 옮긴이가 얼마나 고심했을지에 대한 충분한 이해를 전제로 약간 욕심을 부리자면, 국내외의 비평가들이 그녀의 시에 관해 언급하는 아이러니나 섬세한 단어 선택과 관련한 부분들이 충분히 전해지지 않아 아쉽다. 그럼에도 "우리는 그것을 모래 알갱이라 부르지만/그에게는 알갱이도 모래도 아니다"라고 시작해 "하지만 그것은 우리의 비유일 뿐/상상 속에서 빚어낸 가공의 인물이 급하게 서두른다"(「모래 알갱이가 있는 풍경」)고 끝맺고, 정치가가 회의를 하느라 세월을 보내는 사이 "사람들은 목숨을 잃었고/동물들은 죽었고/집들은 불타 내려앉았다"(「시대의 아이들」)라며 강자와 권력자의 자만심을 추궁한다. 그러면서 "시를 쓰지 않는 어리석음보다 시를 쓰는 어리석음을 더 좋아한다"고 단언하고는 "얼마나 남았는지, 그리고 언제인지 묻지 않는 것을 더 좋아한다"(「선택의 가능성들」)고 한 쉼보르스카에게서 거침없으면서도 나긋나긋한 예언자의 모습을 떠올린다. 사진의 예감은 들어맞았다.

북쪽의 깊이,
남쪽의 상냥함

암스테르담, 리스본, 리우데자네이루, 루체른. 거의 같은 세대의 두 작가의 상상은 도시에서 도시로 옮겨 가며 세계 곳곳을 돌아다니는데, 이들은 공통적으로 여행과 일상, 그리고 죽음을 다루면서도 남북의 근본적인 성격 차이를 드러내고 있어 흥미롭다.

『계속되는 이야기』의 저자 세스 노터봄은 요즘 세계적으로 평가받기 시작한 네덜란드의 작가다. 얇은 책 치고는 읽는 속도가 느린 편이긴 하지만, 성서를 인용하면서 종교성의 극치를 표현하고 고전문학에 SF영화나 우주비행을 교착시켜 만들어낸 환상적인 부분(전철 안에서 읽고 있던 터라 그 부분만큼은 집에 돌아가서 읽기로 했다)은 그야말로 굉장하다.

이야기는 암스테르담의 자기 방 침대에서 영원히 잠든 남자가 리스본의 호텔 방에서 눈을 뜨면서부터 시작된다. 어쩌면 나는 이미 죽은 게 아닐까. 사랑했던 여성과 함께 걷던 리스본의 길. 여름비처럼 세차게 흘러내리는 기억. 라틴 문학 수업을 하던 네덜란드의 시골 중학교. 사랑하던 동료의 아내. 미제 회전의자에 앉으면 자꾸만 저쪽에서 이상한 빛을 발하는 지구가 보인다. 거울. 하늘에서 내려다보이는 멕시코의 바다. 자신이 끊임없이 멀리 가버리는 듯한 느낌. "이것이야말로 '그것'이라고 나는 생각한다"라는 나보코프의 인용으로 시작되는 후반부는 숨 돌릴 틈이 없다. 단테 『신곡』의 요즘 버전이라고도 할 만한 거대함을 내포한 짧은 작품이다.

또 한 권은 『남쪽 나라에 해는 지고』다. 『거미 여인의 키스』로 유명한 아르헨티나 작가 마누엘 푸익(1932~1990) 최후의 작품이다. 복역 중인 젊은 테러리스트와 중년 동성애자의 특별한 우정을 다소 센세이셔널하게 그려내며 눈부시게 아름다운 재능을 선보인 『거미 여인의 키스』에 비해 이 작품에서는 노년의 두 자매가 매일매일 두서없이 풀어내는 수다 속에 저자가 만년에 도달한 '평범한 사람들'에 대한 애정이 구석구석 녹아 있다.

여든두 살의 언니는 딸을 잃은 슬픔을 잊으려고 그때까지 살던 부에노스아이레스를 떠나 리우데자네이루의 동생 집으로 찾아온다. 여동생 루시는 타고난 로맨티시스트다. 둘은 자유분방하게 살아가는 중년의 정신과 의사 '옆집 여자'에 관해, 하인들에 관해, 창가에 놓아둔 제라늄 화분에 관해 언제 끝날지 모르는 이야기를 나누며 세월을 보낸다. 아들이 회사를 옮기자 루체른으로 이사를 가게 된 동생. 그리고 그녀의 급사. 그저 부고를 숨기는 친족들. 그런데 나이 든 언니는 씩씩하게 새로운 여행을 떠난다. 독자는 남쪽 나라 태양의 따뜻함과 북쪽 나라에는 없는 유머로 가득한 결말의 반전에 안심한다. 견고한 북쪽의 깊이와 유연한 남쪽의 상냥함이라고나 할까.

모월 모일

The Alice B. Toklas Cook Book (Brilliance Books)

앨리스 B. 토클라스(1877~1967)는 미국의 전위적 작가 거트루드 스타인의 여자친구로, 비서이자 요리사로도 일했고 1905년부터 스타인이 죽은 1946년까지 함께 생활했다. '자서전'을 스타인에게 '가로채여'(『앨리스 B. 토클라스의 자서전』, 거트루드 스타인) '잃어버린 세대'의 파리에서 그의 그림자로 살아야 했다. 몇 해 전 공개된 영화 「웨이팅 포 더 문」에서 린다 헌트가 매력적으로 그녀를 연기했는데, 나의 공상 가족에 집어넣어도 좋을 것 같다는 생각이 드는 여성이었다.

이 특이한 요리책은 『유레카』세도사에서 간행되는 월간지에 발췌되어 소개됐다고 들은 적이 있는데, 여기에는 피카소나 헤밍웨이, 대실 해미트나 폴 클로델의 이름이 버섯이나 로브스터, 네 가지 종류의 가스파초(스페인식 차가운 수프)의 레시피 등과 함께 뒤죽박죽 섞여서 등장한다. 늦은 밤, 울고 싶을 만큼 지쳐 있을 때 그녀의 레시피 하나를 읽으면 마음이 누그러진다. 가령,

"어느 날 피카소가 점심을 먹으러 우리 집에 온다고 해서 나는 그를 즐겁게 해주려고 특별한 데커레이션으로 생선을 장식했다. 살이 통통히 오른 줄무늬 농어를 한 마리 고른 후, 그걸 전혀 요리해본 경험도 없고 자기 집 부엌에 가본 적도 없으면서 요리에 관해서라면 다른 일에도 그랬던 것처럼 끝없이 의견을 내세우던 할머니에게 물려받은 방법으로 요리했다. 할머니는 물속에서 쭉 살아온 물고기는 잡은 시점 이후로는 태어나 자란 물에 다시 닿게 하면 절대 안 된다고 했다. 굽거나 와인이나 크림 혹은 버터를 곁들여 생선 조림을 하는 것이 최고. 할머니는 그렇게 말했다."

이런 식으로 끊임없이 이야기가 옆길로 새면서 앨리스의 레시피는 계속된다. 향초를 넣고 화이트 와인으로 익힌 농어찜은 마요네즈와 체로 곱게 거른 삶은 달걀과 트뤼프와 향초로 때깔 좋게 장식한다. "나의 대

작을 식탁에 내놓고 으쓱거렸고 피카소는 예쁘다며 감탄했다. 그런데, 하고 그가 말했다. 나보다는 마티스앙리 마티스, 프랑스의 20세기 표현주의 화가한테 대접하는 편이 더 어울리겠는데, 하고."

이 책을 도요코선 안에서 읽고 있었더니 옆에 앉아 있던 젊은 미국인이 저도 이 책 엄청 좋아해요, 라고 말하면서 명함을 건넸다.

모월 모일

페르난두 페소아의 시집『포르투갈의 바다』

이 책에 대해서 뭐라고 말하려 하니 번역된 시를 읽는 것은 아무래도 원어를 의식하게 되어 어딘가 찝찝하다.

하지만 페소아의 시 원문은 내가 감당할 수 없는 포르투갈어이므로 번역에 의존할 수밖에 없다. 이탈리아에는 그의 작품 대부분이 대역對譯으로 나와 있기에(옮긴이는 소설가 타부키다) 이탈리아어로 시를 읽고(둘 다 라틴계 언어이므로 유사하다) 포르투갈어로 소리내어 되뇌어본다.

그렇지만 내가 페소아라는 시인에게 이끌린 가장 큰 이유는 이케가미 씨가 이 책의 후기에 상세하게 써놓은 시인의 성장과정과 소설 형태를 분명하게 의식하면서도 운문에 집착한 그의 시 세계 때문이다.

최근 유럽에서 돌연 높게 평가받고 있는 페소아는 1888년 포르투갈에서 태어났으나 여덟 살에 어머니와 의붓아버지를 따라 남아프리카로 이주했다. 그곳에서 영국식 교육을 받고 스무 살까지 영어로만 글을 썼다고 하니 꽤나 특이한 언어 경력을 지닌 시인이다. 일본이었다면 귀국 자녀로 분류됐을 것이다. 성인이 된 후에는 혼자 리스본으로 돌아가 무역 회사에서 일하며 생계를 이어갔고, 포르투갈어로 계속 시를 쓰다가 1935년 47세로 세상을 떠났다.

언어 경력만으로도 이중, 삼중의 장치 같은 것이 느껴지는 인물인데, 게다가 그는 세 사람의 '시인'을 '발명'하고 각자에게 라이프 스토리를 부여해 각각의 시집을 만들었다. '자기 본인'이 쓴 시집을 제외하고 말이다. 그의 이런 행동을 미심쩍은 병명으로 결말지어 버리는 것이 쉬울 테지만, 나는 창작 혹은 허구, 궁극적으로는 문학이라고 하는 것의 근원에 있는 은밀한 독을 발산하고 있는 듯하여 끌린다. 몇 년 전인가부터 '서정시의 이야기/ 소설성'이라고 하는 불모에 가까운 문제에 매달리고 있던 차에 불현듯 페소아를 만나 빠져들었다.

모월 모일

쥘 베른의 『해저 2만 리』

현재 번역하고 있는 책의 저자가 종종 언급한 데다 이전부터 한번 읽고 싶다고 생각해와서 이 책을 사러 갔다. 신서판으로 나온 것 말고 묵직하고 무거운 책을 고른 선택은 정답이었다. 활자도 커서 읽기 쉽고, 번역도 좋다.

나처럼 어릴 적에 이 책을 읽지 않은 독자를 위해 개요를 말하자면, 아로작스 교수라고 하는 박물학자가 우연한 계기로 네모(아무도 아니라는 의미)라는 이름을 가진 선장이 지휘하는 잠수함 노틸러스호에 붙잡혀서 해저의 기괴한 모험에 참가하게 된다. 해저에 서식하는 동물이나 무적 잠수함에 흥미라고 할 만한 것은 전혀 느끼지 못했고, 그게 아마도 이 작품을 지금까지 읽지 않았던 이유 중 하나였겠지만, '소년용' 읽을거리라고 생각한 『해저 2만 리』는 역시 예사롭지 않은 '책'이었다.

해저 모험담도 재미있지만 무엇보다 이 책은 소설을 읽는다는 것이(따라서 소설을 쓴다는 것이) 무엇인가에 대해 이야기하는 듯한 구석이 있어 흥미진진하다. 노틸러스호가 무엇을 목표로 삼고 해저 여행을 계속하고 있는지 네모 선장은 아로작스 교수에게 알려주지 않는다. 아로작스 교수와 함께 배에 갇힌 캐나다인 네드 랜드는 그걸 참을 수 없다. 아로작스 교수는 네모 선장이 매일매일 펼치는 환상적인 모험의 디테일이 너무나 즐겁기에 그걸로 충분히 만족하고 있다. 빨리 결말을 알고 싶다고 안달하는 네드 랜드와 '언젠가 돌아갈 수 있으면 그걸로 된다'고 생각하고 디테일/이야기를 전달하는 그것 자체를 즐기고 있는 아로작스 교수의 대치.

'결말은 어떻게 돼?' 어릴 적 나는 이렇게 물어보곤 해서 어른들에게 자주 혼이 났다. '조용히 들으세요. 과정이 재미있으니까.'

모월 모일

기억 속의 책. 옛날에 읽었던 책을 반추하듯 기억해 내곤 하루 중 우연한 시간에 그 감동에 젖을 때가 있다. 전쟁 중에 아버지가 『가슴속에 태양을 지니고』라는 소년소녀용 수필집을 사다주셨다. 그중 앤 린드버그가 (아마도 남편과 함께) 비행기로 태평양을 횡단할 때 철새 떼를 만나 불시착한 이야기가 있었다. 아무것도 보이지 않는 갈대숲에서 구조되기를 기다리고 있을 때 사람 목소리가 들린다. 뭐라고 하는지는 알 수 없다. 그것이 이젠 두 번 다시 들을 수 없을지도 모르겠다고 생각한 '사람 목소리'였다. 『바다의 선물』에서도 굉장한 글 솜씨를 선보인 앤은 영화 「저것이 파리의 등불이다」의 주인공인 찰스 린드버그의 아내다. 내가 이 책을 읽은 것은 열두 살인가 열세 살 때였지만, 뉘엿뉘엿 해가 쉬이 지지 않는 갈대숲에서 적적했을 앤의 마음과 함께 귀중한 무언가가 내 안에 남았다. 분명 번역 또한 훌륭했을 것이다. 딸을 위해 전쟁 통에 그 책을 산 아버지는 어떤 마음이었을까.

모월 모일

마루야 사이이치의 『문장독본』

반세기가 안 되는 동안 취지와 제목이 비슷해 보이는 책이 다섯 권이나 쓰인 기묘함은 저자도 지적하는 바이지만, 마루야 사이이치와 나카무라 신이치로의 책은 젊은 사람들도 읽었으면 한다. 나카무라의 『문장독본』에서도 특히 구어체 발전의 경위를 설명한 부분은 신선한 지적으로 가득해 문체사적으로 귀중하다. 한편

마루야의 『문장독본』은 수사법을 포함해 문장에 관한 방대한 사안을 망라하고 있어 가치가 있다.

현재 일본어로 글을 쓰는 작가의 의식 저변에는 분명 서구의 언어, 특히 문맥이 자리하고 있을 것이다. 어떤 의미로는 복잡하지만 오히려 그렇기에 천변만화하고 각별한 재미가 있다. 고대 로마의 시인 역시 처음에 (그리스어가 아닌) 라틴어로 서정시를 쓸 때 라틴어에는 맞지 않는 운율을 무리하게 채택해버렸다(그럼에도 베르길리우스 같은 위대한 시인이 나온 것은 어찌 된 일일까).

마루야 씨는 「눈과 귀와 머리에 호소하기」라는 글에서 히라가나가 많은 다니자키 준이치로의 『장님 이야기』의 한 절을 인용한 뒤 다음과 같이 쓰고 있다.

"'히라가나가 많아' 술술 읽을 수 없어서 마치 맹인의 더듬거리는 말투를 가까이서 듣고 있는 듯한 기분이 드는 데다(그런데도 소리는 잘 울리는 편이고) 화자의 시야에는 그 열거된 히라가나가 어스레한 빛처럼 다가와, 더욱이 그 어둠 속에서 고귀한 부인의 덧없는 웃음소리가 들리는 듯한 착각에 빠져…… 가슴이 아리는 것이다."

나도 소녀였을 때 숙모의 책상 위에 놓여 있던 『장

님 이야기』를 몰래 읽은 후 그 아름다움에 압도되어 당분간 히라가나만으로 글을 쓰자고 다짐했던 시절이 있었다.

우리 마음이 사랑하는 어떤 것

푹신푹신한 솜털이 남쪽에서 불어온 강한 바람을 타고 아직은 한기가 서려 있는 마을의 대기를 떠돌기 시작한다. 아니, 일제히 하늘에서 내려온다고 하는 편이 나을지도 모르겠다. 그와 동시에 레 마니네, 레 마니네 하고 떠들어대는 소리가 마을 여기저기에 퍼진다. 학교에서 돌아오던 소년, 빨래를 널던 아주머니, 자전거를 세우고 부둣가에 잠시 멈춰서 가만히 바다를 응시하던 신사 모두 아, 하고 입을 벌린 채 하늘을 올려다본다. 봄을 고하는 포플러의 솜털이 일제히 춤추는 나날은 단 하루나 이틀밖에 안 된다는 것을 포 강가의 평야에서 살아본 사람이라면 다 안다.

바다도깨비 같은 남자가 막 깎은 번들번들한 머리

를 하고 바느질이 잘된 셔츠를 입은 다음 만족스럽게 거울에 비춰본다. 그리고 벽에 걸려 있던 아주 흔해빠진 흰색 트렌치코트를 걸쳐 입고는 느릿느릿 이발소를 나간다. 도깨비처럼 보이는 그 거대한 머리 어딘가에 서린 불길한 모습에 문뜩 무솔리니의 그림자가 뒤엉킨다.

1993년에 부고 소식이 전해진 페데리코 펠리니의 「아마코드」는 이처럼 계절과 시대 그리고 지역성의 기호를 가득 싣고 그 막을 연다. 솜털을 마니네라고 부르는 이유나 애초에 아마코드라고 하는 제목 그 자체도 대부분의 이탈리아인이 무엇을 지칭하는지 확실하게 모르는 방언이지만 '마음이 사랑하는 것'이라는 어원을 상상해보면 고향을 말하는 거구나, 하고 얼추 짐작이 간다. 그렇다고 하더라도 '마음이 사랑하는 것'이라는 매우 직설적인 표현이나 완전히 과격하고 센티멘털하며 연기하듯 한껏 부풀린 과장은 정말이지 로마냐인스럽다. 로마냐인이 아닌 이탈리아인 대부분은 이렇게도 생각한다.

펠리니는 1920년에 로마냐 지방의 리미니라는 아드리아 해안 마을에서 태어났다. 무솔리니도 같은 지방에서 태어났음을 감안하면 이 지역 사람들이 정치와 연기를 좋아한다는 사실이 조금은 이해될지도 모르겠다. 몇몇 이탈리아인은 실제로 로마냐인이었던 그 남자의 말도 안 되는 바보 같은 연기에 나라 전체가 휘둘린 것이 이탈리아 파시즘의 본질이었다고 말하곤 했다.

펠리니의 작품 중에는 로마를 무대로 한 것이 압도적으로 많다. 로마냐에 푹 빠져 북이탈리아에서 오래 산 나에게 자전적이라고 불리는 「아마코드」는 그만큼 다른 작품에는 없는 매력을 풍긴다. 등장인물들의 심한 지방 사투리가 섞인 이탈리아어나 언제까지고 날이 밝아오지 않을 것만 같은 짙은 안개 속 풍경은 마음을 요동치게 한다.

예를 들어 어느 여름날 주인공 소년 일가가 정신병원에 들어간 숙부를 하루 동안 시골 농가로 데리고 가는 에피소드가 있다. 모두가 잠깐 방심한 사이에 민첩하게 나무에 올라가버린 숙부를 한시라도 빨리 내려오게 하려고 노심초사하는 대화가 농가의 근심 어린 오후 일과의 흐름과 교착하여 오고 간다. 웅달에 둔 바구니 속에서 새근새근 잠들어 있는 아기. 아직은 걸음새가 뒤뚱뒤뚱하지만 통나무를 머리 위로 번쩍 쳐들고 자신에게서 어머니를 빼앗아버린 그 동생을 혼내주러 가는 형. 등에와 파리의 습격. 마치 모든 것이 내 기억

저편의 이야기처럼 느껴진다.

창피고 체면이고 아랑곳하지 않고 "여자를 넘겨라"라고 나무 위에서 내내 부르짖는 숙부는 날이 슬슬 저물어 가는데도 통 내려올 기미가 없다. 지켜보는 쪽도 걱정이 이만저만이 아니다. 결국 정신병원에서 그를 데리러 온 이상한 난쟁이 자매가 나무에 댄 사다리를 쪼르르 타고 올라가 나뭇가지가 무성한 곳을 향해 뭐라고 어린아이스러운 협박을 하니 그때까지 모두를 호되게 애먹이고 모처럼의 가족 피크닉을 망쳐버린 숙부가 실로 어이없게 내려온다. 도대체 그들은 뭐라고 한 걸까.

「길」의 젤소미나는 말할 것도 없고, 눈이 보이지 않는 거리의 악사나 난쟁이 수도녀, 정신병원에 있는 숙부 등 펠리니의 영화에는 신체나 정신에 장애가 있는 인물이 종종 그려진다. 거기에는 이탈리아인이 무엇보다 소중히 여기는 메라비글리아meraviglia, 즉 자신은 절대로 할 수 없는, 어찌해도 익숙해지지 않는, 어떤 의미로는 상식을 벗어난 깜짝 놀랄 만한 사건이나 사물 그리고 사람들에게 보내는 경탄과 존경이 뒤섞인 정신이 깊게 뿌리내리고 있다.

이런 사람들이 있기에 인간 세계가 진정한 의미로

인간다워짐을 영상으로 풍부하게 표현해내는 것이 펠리니의 뛰어난 능력 중 하나다. 그래서 나는 그의 영화, 특히 이 「아마코드」를 볼 때마다 그가 나치즘이나 파시즘이 범한 죄의 잔인성과 포악함을 인간 전체의 범주로 다룸으로써 속죄하고 있다는 느낌을 강하게 받는다.

보리밭에 핀 빨간 양귀비꽃

황금빛으로 여문 보리밭이 바람에 너울거리고 빨간 양귀비가 마치 악센트 기호처럼 점점이 피어 있는 토스카나 언덕의 완만한 경사면에서 아름다운 남녀가 포옹하고 있고 카메라가 그 장면을 내려다본다. 이는 금세기 벽두에 활약했던 영국 작가 E. M. 포스터의 소설 『전망 좋은 방』에서 대표적인 장면으로, 1986년에 이 작품을 영화화한 제임스 아이보리 감독은 피렌체와 그 주변 토스카나의 전원 풍경을 '세련된 영국 엘리트 계급에 어울리는 행동거지'의 대척점에 놓인 '정열적이고 솔직한 감정 표현'이 살아날 만한 대지로 심도 있게 묘사하고 있다. 좁은 길 양쪽에서 덮개를 덮는 듯한 모양새로 흐드러지게 핀 황금빛의 금작화, 잎사귀 뒷면

이 은색으로 빛나는 오래된 올리브 나무, 에메랄드 빛으로 펼쳐지는 초원. 이 영화를 보면서 내가 처음 이탈리아에서 유학했을 때 무엇보다 내 마음을 매혹시킨 것은 자연 풍경이었음을 떠올렸다. 그리고 아주 오래 전에 나도 그 나라를 지나가는 외국인으로서 바깥에서 유유히 관망하던 시절이 있었다는 생각에 그리워졌다.

오랫동안 이탈리아에서 생활하면서 보리밭의 양귀비꽃에도, 황금빛으로 언덕을 물들인 금작화에도, 비비 꼬인 올리브 노목에도 가지각색의 방식으로 인물이나 사건, 책과 연관된 기억이 배어들어서 지금의 내가 포스터나 아이보리가 그러한 것처럼 로맨틱한 기호로만 이들 풍경을 보는 것은 불가능하다. 이 점을 확실히 인식시킨 것은 타비아니 형제가 감독한(형제가 한 편의 영화를 함께 감독한다는 것은 어떤 것일까. 싸움이 나거나 갑자기 상대를 보기가 멋쩍어지거나 하지는 않을까) 「로렌초의 밤」(1982)이었다.

산 로렌초는 기독교 성자로, 이 종교가 박해당하던 기원전 3세기에 로마에서 화형에 처해졌다. 그로 인해 이 성자의 제일祭日은 8월 10일, 그러니까 일 년 중 가장 더운 날이라고 불리는 때다. 영화의 처음과 마지막에 활짝 열린 큰 창문 사이로 별이 총총 떠 있는 하늘이 등장한다. 이 장면이 상징하는 것처럼 이때는 바캉스의 계절이기도 해서 많은 이탈리아인은 고작 닷새 뒤에 찾아오는 마리아제만큼이나 종교색과 정치색이 강하지 않은 제일이라 여긴다.

영화 「로렌초의 밤」의 무대는 『전망 좋은 방』의 첫 장면과 같은 피렌체 주변의 고요한 마을이다. 제2차 세계대전 말에 독일 부대에 의해 이 지역이 점령당했던 시기를 배경으로 한 이야기로, 마을 사람들이 남이탈리아에 상륙한 미국군의 북상을 마치 구세주의 왕림처럼 애타게 기다리는 모습이 묘사되어 있다. 시대가 시대이니만큼, 가령 이전과 같은 보리밭 하나를 볼 때도 목가적이고 서정적인 감상에 잠겨 있을 수만은 없다.

작전상의 이유라고 하는 나치의 선전으로 교회에 집합한 마을 사람 대부분은 머지않아 교회와 함께 폭파당하는데, 처음부터 그 명령을 수상쩍게 여긴 한 남자가 마을 사람 몇 명을 꾀어내 마을을 몰래 빠져나간다. 노인을 격려하고 아이들에게 용기를 불어넣으며 이들은 밤낮으로 내내 걷고 머지않아 황금빛으로 물결치는 보리밭 언덕에 다다른다. 그곳에서 빨치산 그룹에 합류한 농민들이 나치에 협력하는 무솔리니의 검은 셔츠단과 서툰 총격전으로 대결하는 장면이 펼쳐지며 이들의 도피는 클라이맥스에 이른다. 내가 이 장면을 보다가 불현듯 깜짝 놀란 이유는 아이보리가 연출한 영화의 러브신이 전개된 곳과 같은 곳, 즉 한 면이 온통 덮인 보리밭 언덕임에도 양귀비꽃이 단 한 송이도 피어 있지 않아서였다.

"황금빛 보리밭에 빨간 양귀비가 피어 있어요"라고 어딘가에서 본 풍경을 시어머니께 이야기한 적이 있다. "꿈을 꾸는 듯 아름다웠어요." 그러면 농가 출신의 그녀는 뭔가 이상하다는 듯 아리송한 표정으로 나를 쳐다보았다. "망측해라, 양귀비가 피어 있는 보리밭이 아름답다니." 그녀는 그렇게 말했다. "우리한테는 수치야. 그건 잡초에 지나지 않으니까."

「로렌초의 밤」에 나오는 보리밭을 보면서 나는 이탈리아에 아직 완전히 동화되지 않았던 시절의 나 자신을, 그리고 시어머니와 나누었던 그 대화를 떠올렸다. 농민의 노고가 어린 보람찬 결실의 상징인 보리밭에 빨간 양귀비꽃이 피어 있으면 체면이 서질 않는 법이다. 이 주변 땅에서 자란 타비아니 형제라면 당연히 그걸 충분히 알고도 남았을 터, 그래서라고 할 수 있을지는 모르겠지만 이 영화는 양귀비꽃 대신 자신들의 손으로 자유를 지켜내려던 사람들의 빨간 피로 보리밭을 물들인다.

당시 이탈리아는 끊임없는 정치적 · 경제적 혼란을 겪고 있었다. 타비아니 형제는 그 이전의 이탈리아 땅을, 그 나라의 노동과 문화의 전통을 사랑했던 사람들을 여러 기호를 통해 면면히 그려내고 있다.

우리는 타인에게 무엇을 빚지고 있는 걸까

요즘 자발적으로 영화를 보러 가는 일이 별로 없긴 했지만 그렇다고 영화를 싫어하는 것은 절대 아니다. 누군가 권하면 거의 거절한 적이 없었을뿐더러 이전에는 일이 끝나면 집에서 그리 가깝다고 할 수 없는 오모리나 시모타카이에 있는 영화관까지 전철을 갈아타고 다녀오기도 했으니까.

「참견쟁이 천사」. 나랑은 취향이 별로 잘 안 맞을지 모르겠다고 생각했지만 어떤 젊은이가 보라고 추천해서 영화를 보러 해질녘 거리로 나갔다. 결론부터 말하자면, 제목이 풍기는 첫인상보다는 훨씬 생각하게끔 만드는 영화였다. 주인공 역의 브루니 테데스키가 소위 미인형이라곤 할 수 없지만 철저한 연기파로 현재

이탈리아에서 한창 인기를 얻고 있는 뛰어난 여배우여서 그녀에게 감동한 덕분에 시종일관 마음을 조마조마하게 졸이며 그녀가 연기하는 마르틴에 빠져들었다.

어디에나 있을 법한 여직원인 마르틴이 사무실 전화로 고객과 다투고 동료를 놀라게 하는 영화의 첫 장면은 그녀의 불안정한 정신 상태를 나타내는 복선이다. 이후 그녀는 최근까지 동거하던 남자가 늘씬한 금발의 여자와 걷고 있는 모습을 우연히 길에서 마주친 이후에 결국 미쳐버린다.

마르틴은 욱해서 쇼윈도 유리에 머리를 부딪혀 부상을 입은 채 정신병원에 끌려가고, 이유를 잘 납득하지 못하지만 당분간 입원하라는 말에 동의한다. 아무래도 정신병원에 있는 편이 마음이 편할 듯해서. 감독은 이 부분의 미묘한 뉘앙스를 참으로 담백하게 잘 표현했다.

마르틴은 정교한 풍차 장난감 따위만 만드는 남자, 공놀이를 멈출 수 없는 청년 등과 섞여 뭔가 상쾌한 생활을 시작한다. 같은 병원에 있는 환자들의 연애 이야기가 남의 일 같지 않게 느껴지는 그녀는 그것들에 하나하나 간섭하고, 귀찮은 존재로 취급받으면서도 때로는 병원 밖까지 나가 다른 환자의 상상 속에만 존재하는 애인을 발굴해내어 친구와 맺어주려 한다. 보세요, 당신을 만나고 싶어서 그 애가 기다린다니까, 하는 식으로 미지의 청년을 병원에 끌고 오거나, 가까스로 퇴원한 남자의 집에 친구들과 우르르 몰려가 그의 가족에게 미움을 받거나. 나는 관객의 입장에서 나 자신은 괜찮다는 오만함을 느끼며 이런 게 정신병원이라면 왠지 그곳에 있는 편이 마음 편할 것 같다는 생각이 교착되어 때로는 무거운 기분에 휩싸인다.

다소 침울해져서 영화관을 나온 뒤에도 비꼬는 듯하면서 깊이감 있는 프랑스어 원제 「보통 사람이 특별히 잘난 것은 아니다」가 풍기는 뉘앙스가 꼬리를 물었다. 병원 '바깥'의 논리로 환자들의 말과 행동을 제어하려고 하는 문병객의 말과 행동을 두고 환자 한 명이 무의식중에 내뱉는 말은 일본어로 옮겼을 때 '쓸데없는 참견'처럼 그리 간단한 것이 아니며 마르틴은 절대 '천사'가 아니다. 영화는 누가 과연 정상인 것일까, 우리에게 타자란 대체 누구인가, 또 우리는 타자에게 무엇을 빚지고 있는 것일까와 같은 질문을 잇달아 던진다. 그리고 일본의 정신과 의료와 그것을 둘러싼 형편없이 뒤처진 제도에 대해서까지 다시 한번 곰곰이 생각하게 된다. 다만 상업주의가 뻔히 드러나는 제목으로 번역한 것은 수많은 상을 받은 신인 감독을 생각해서라도 유감이다.

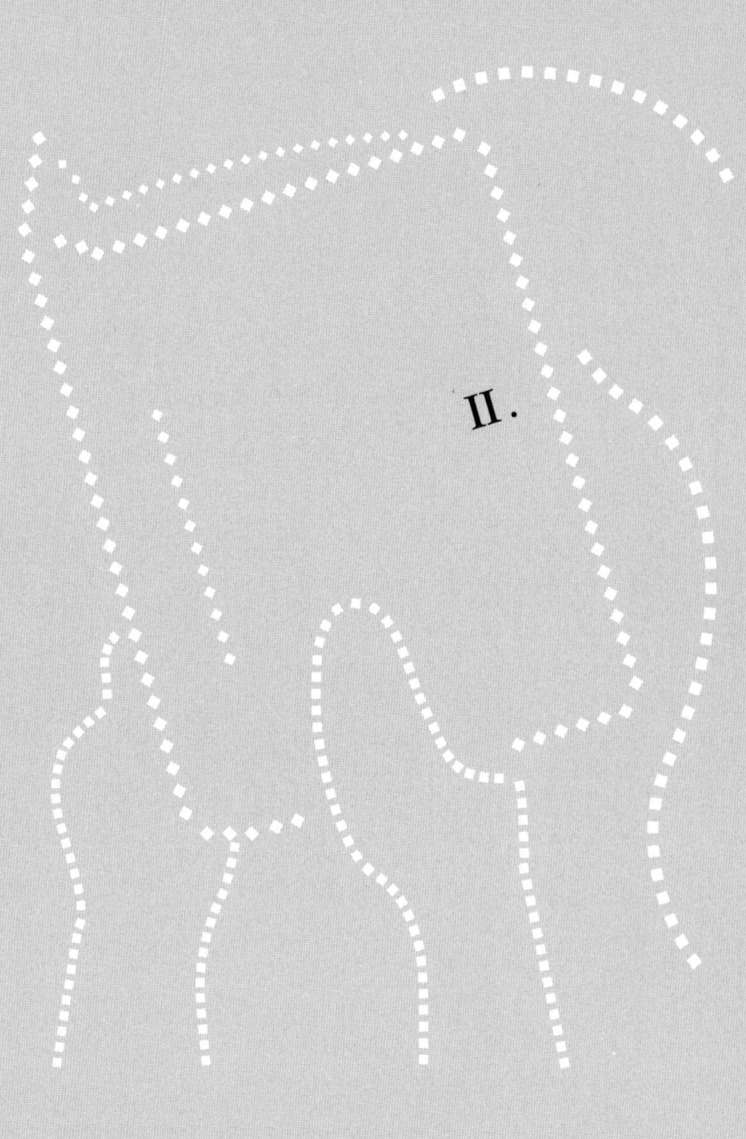

II.

소설 속의 가족

페루자 근처에 위치한 몬테 페르모라는 언덕 위에 '레 마르게리테'라는 이름의 큰 집이 있다. 피에로라고 불리는 사람 좋은 중년 의사와 자유분방한 성격인 그의 아내 루크레치아가 그 집에 살고 있고, 두 사람 사이에는 다섯 아이가 있다. 다니에레, 체치리아, 그라치아노, 아우구스토 그리고 남자아이 한 명 더, 뷔토.

이것이 나탈리아 긴츠부르그가 2년 전에 발표한 소설 『마을과 집과』에 나오는 최초의 가족이다.

나탈리아는 다년간 '가족'이란 무엇인가에 대해 추적해오고 있다. 아니, 그녀의 초기 걸작 『가족어 사전』

이래 가족이라고 하는 유기적 공동체는 항상 그녀의 관심을 벗어나지 않았다고 해도 좋을 것이다. 1977년 『가족』, 그리고 1979년 『친애하는 미케레』에서도 그녀는 여러 각도에서 가족을 주시했다. 1983년 대작 『만초니가의 사람들』은 가족을 향해 나탈리아가 품고 있는 관심의 집대성이라 해도 과언이 아니다. 그녀는 근대 이탈리아 문학사에 커다란 족적을 남긴 작가 알레산드로 만초니의 생애를 그의 가족과 친구, 다른 작가들과 주고받은 편지를 통해 재구축하는 대담한 기법을 고안해냈다. 이는 한 시대를 해명하기 위해 가족과 가족의 형태가 어떻게 굴러가는지를 들여다보는 것이 (가령 편지라는 그 자체가 반半 허구적인 소재라고 할지라도) 얼마나 귀중한 정보인지를 스스로의 경험을 통해 깊게 이해하고 있기 때문일 것이다.

긴츠부르그는 『만초니가의 사람들』에서 19세기 밀라노의 지식인층이었던 소귀족들의 군상을 통해 그 구성원 한 명 한 명의 깊은 고독을 슬쩍 엿보면서 숨이 막힐 정도로 일체화를 강요받은 '가족'이라는 체제를 묘사한다. 『마을과 집과』에서는 1960년대를 거치며 붕괴된, 혹은 붕괴 과정에 놓인 말하자면 '전직 가족' 구성원들이 19세기의 가족과 전혀 다른 성질의 것이라고 말할 수 없는 고독을 느끼면서 전통에의 맹종에서 해방된 국면에서 새로운 혹은 뜻밖의 형태의 가족(그것은 '가족 같은 것'이 되거나 '가족 흉내 내기 놀이'가 되기도 하는데)을 형성해나가는 과정을 이야기하고 있다.

『만초니가의 사람들』에서는 역사적 사실에 매여온 서술에서 벗어나 자유로운 허구성을 구사하면서 긴츠부르그 고유의 매력적인 성격에 따라 담담한 어조로 숨죽이는 듯한 상황을 묘사하고 차례차례 이야기를 전개시킨다.

몬테 페르모로 돌아가자. 친구들이 번갈아 보낸 편지만으로 완성된 이 소설은 주세페라고 불리는 쉰이 넘은 남성이 주인공이다. 보잘것없는(그렇다고 그는 생각한다) 저널리스트를 그만두고 로마의 집을 팔아 프린스턴대학에서 생물학 교수를 하고 있는 형을 의지해 도미한다. 드디어 집이 팔렸다, 옷가지와 장서를 넣은 트렁크 세 개도 보냈다, 라는 대목으로 이야기는 시작된다. 형, 정말 내가 가도 괜찮은 거지, 하긴 안 된다고 해도 이젠 너무 늦었어.

가난한 생활에 지칠 대로 지쳤다는 것이 주세페가 미국행을 단행하게 된 이유 중 하나다. 가난해서라니,

독자의 입장에서는 뭔가 납득이 가질 않는다. 그에겐 팔 집이 있다. 게다가 프리아 지방에 약간의 땅도 가지고 있다. 또한 형을 의지해 무작정 미국으로 간다는데 아무리 형제라지만 그렇게까지 해도 괜찮은 걸까. 이 주세페라는 남자는 대체 어떤 사람일까. 독자들은 그런 생각에 약간 짜증이 나는 한편 내게도 그런 형제가 있으면 좋을 텐데, 하고 부러워하기도 한다(그의 옛 애인이었던 루크레치아도 그렇게 생각한다. 그녀는 프린스턴이 수목이 울창하게 우거져 있고, 다람쥐가 많으며 정돈되어 살기 좋은 그런 마을이라고 상상한다). 매일 반복되는 일에 지쳐 있는 사람을 조용히 맞이해줄 거라고. 왠지 미국이라는 나라에는 그런 여유가 있는 사람이 기다리고 있을 듯한 느낌이 든다. 긴츠부르그는 미국의 신화를 이렇게 사용하고 있다. 주세페는 미국에 가본 적이 없다. 물론 프린스턴도 모른다. 형에게 전해 들은 대로 조용하고 작은 마을을 상상할 뿐이다. 그는 미국의 어느 작은 학교에서 이탈리아어를 가르치고 남은 시간에는 형의 집을 정돈하거나 요리를 해주려고 생각하고 있다. 그러나 주세페의 친구들은 모두 그의 미국행을 반대한다. 이제 와서 미국 따위에 가서 뭐하려는 거냐며.

이야기가 옆길로 새는데, 내가 페루자에서 이탈리아어를 공부한 지도 벌써 30년이 더 지났다. 어느 산 위에 자리잡은 마을은 그 시절 내게 일상성과는 완전히 동떨어진 조용한 곳이었다. 페루자에 도착한 것은 6월 30일, 하숙하기로 한 집 앞에는 보리수나무 가로수가 한창이어서 그 숨 막힐 듯한 향내가 방 안까지 감돌았다. 지금도 보리수나무의 꽃향기는 그 짧았던 여름과 그때 일어난 여러 일을 떠올리게 한다. 이유는 모르겠지만, 프린스턴에 있는 가로수는 녹색의 짙음만 있을 뿐 향은 없지 않을까 하는 느낌이 든다. 주세페는 향이 나지 않을 듯한 마을로 대체 무엇을 하러 간 것일까.

주세페의 아내는 10년 전에 이미 죽었다. 주세페는 결혼하자마자 아내가 따분한 여자라고 생각했고, 아내는 주세페가 자신의 기대에 무엇 하나 부응해주는 것이 없어 실망했다. 원래부터 둘은 성격이나 취미가 맞을 리 없었고, 외아들 아르베리코가 다섯 살쯤 됐을 때 아내는 아이를 데리고 주세페의 곁을 떠났다. 얼마 지나지 않아 그녀는 포리오에서 급사한다. 이후에 아르베리코는 친절한 이모의 손에 길러졌고, 그가 열아홉 살 때 이모가 죽자 유산을 고스란히 상속받는다. 그러니까 아르베리코는 친부 주세페보다 더 많은 재산을 가지게 된 것이다. 아르베리코는 동성밖에 사랑할 수 없는 남자로 자라난다. 마약 판매 사건에 얽혀 체포되기도 하고 이후에 베를린으로 떠나와 영화 조감독으로서 조금씩 자신의 세계를 펼쳐나가기 시작한다.

소설에 등장하는 제2의 편지는 주세페가 옛 애인 루크레치아에게 보낸 것이다. 내가 출발하기 전에 한 번 더 만나자. 어제 막 헤어지려는 찰나에 그렇게 말하긴 했지만 이제 너를 만나는 일은 없겠지…… 역까지 피에로와 함께 배웅해준 너는 털이 긴 울로 만든 하얀 옷자락에 낙타 무늬로 자수가 놓인 7부 코트를 걸치고 꾀죄죄한 하얀 바지를 입고 있었어. 정수리 높이에서 하나로 묶은 머리카락이 목덜미까지 내려와 있고, 돌담에 기대어 서 있었지…… 그게 마지막으로 본 너의 모습이야. 얼굴이 파리했어. 네 얼굴은 언제나 창백하지. 근사한 창백함. 이제 평생 너를 만나는 일은 없겠지…….

전차가 들어서자 피에로가 이렇게 말했다. "다음 열차를 타지 그래, 한 시간 후에 있는……." 여기서 독자들은 깜짝 놀랄 것이다. 예상치 못하게 피에로라는 남자의 따뜻함을 느끼게 되기 때문이다. 피에로는 아내 루크레치아가 주세페와 애인 사이였다는 것을 너무나 잘 알고 있다. 그럼에도 그는 주세페를 진심으로 사랑한다. 후에 루크레치아에게 새 애인이 생겼을 때 피에로는 주세페에게 이렇게 말한다. 배신당한 것을 알고도 난 너라서 어쩐지 안심했어. 그렇지만 이번에는 안 돼. 그 자식과 그러는 건, 난 용서할 수 없어. 루크레치아는 '근사한 창백함'이라고 하는 표현을 마음에 들어했다.

"그렇게 말해줘서 고마워. 하루 종일 그 말이 내 머릿속에서 윙윙거리며 맴돌았어. 때때로 당신이 말한 근사한 창백함을 확인하러 거울 앞에 가보기도 했어."

루크레치아는 몬테 페르모가의 주인이기도 하다. 레 마르게리테라고 불리는 이 언덕 위의 집은 1960년대 무렵 우리가 꿈꾸던 공동체 생활을 떠올리게 한다. 주말이 되면 이 큰 시골집에 친구들이 모여들어 낮에는 함께 숲속을 산책하고 밤이 되면 다 같이 트럼프를 하며 시간을 보낸다. 주세페는 그런 친구들에게 이별을 고하고 아무런 필연성도 없어 보이는 미국에 건너가기로 결심한 것이다.

1960년대, 특히 1960년대 후반 지식층이라고나 할까, 지금 생각해보면 뒤늦은 홍역을 앓던 우리 중년의 동지들이 바리케이드를 친 젊은이들과 하나가 되어 꿈꾸던 저 공동체를 향한 동경은 대체 어떤 것이었을까. 그것은 열병과도 같이, 밀라노에 있던 우리 그리고 어쩌면 전 세계 많은 사람의 마음속을 헤집고 지나갔다. 그 당시 전통적인 가족이라는 것은 우리를 옭아매는 생물학적이고 강제적인 체제로서 끊임없는 기피 대상이었고, 우리는 스스로 고른 가족으로서의 동지들이 만든 공동체를 선택하려 기를 썼다. 긴츠부르그의 이 소설은 그런 사람들이 1980년대에 무엇을 하고 있었는가, 그 후 어떻게 되었는가에 관한 이야기이기도 하다.

He loves me, he loves me not이라고 중얼거리면서 데이지 같은 꽃의 꽃잎을 하나씩 뜯어내는 놀이가 있다. 어느 구절에서 꽃잎 떼기가 끝날지 알 수 없다. 레 마르게리테는 이 데이지와 같아서 그 시절의 사람들은 언덕 위 저택을 중심으로 그 게임에 열중했다. 루크레치아는 그녀의 셋째 아이인 그라치아노의 아버지가 사실 주세페라고 주장하기도 했다. 주세페는 정색하고 부정한다. 그런 일은 절대 있을 수 없어. 먼저 그 아이의 뒷모습이 네 시어머니와 쏙 빼닮았고, 게다가 그 아이는 네 자식 중에서 가장 개성이 없어. 그 아이가 내 아이라니 말이 심하다, 너.

출발하기 위한 모든 준비를 마쳤을 때쯤 주세페는 형 페르초로부터 짧은 편지를 받는다.

'……중요한 일이 있어 급하게 쓴다. 나 결혼하기로 했어. 상대는 안 마리 로젠타르. 부모님은 독일과 프랑스의 유대인이고 아버지가 독일 수용소에서 돌아가시고 난 후 그녀는 어머니를 따라 미국에 왔어. 한 번 결혼했다가 이별한 경험이 있어. 나와 같은 연구소에서 일하고 있고. 마흔여덟로 나보다 여섯 살 어려. 일주일 후에 결혼해. 그치만 아무쪼록 크게 신경 쓰지는 말아 줘. 셋이서 같이 살자. 분명 잘될 거야…….'

다음은 주세페가 피에로에게 보낸 편지다.

'로마, 11월 12일.

전화 고마워. 아직까지 네 목소리가 귓속에서 맴돌고 있어. 나는 지금 내 방에 있어. 이제 짐은 다 준비됐고 종이 부스러기나 끈이 주변에 어질러져 있어.

너희를 절대로 잊지 못할 거야. 너랑 루크레치아, 아이들 한 명 한 명의 모습이 가슴속에 강렬히 새겨져 있어. 너희, 황색의 크고 낡은 집, 너희가 마르게리테라고 이름 붙인 집도 가슴속 깊이 새겨져 있어. 현관, 장작을 보관하는 오두막, 집 앞 마당, 양옥란 두 그루……

모두 마음속에 단단히 새겨 담아가. 루크레치아는 가끔 이제 이 집에 질렸다고 해. 시골에서 사는 것도 질렸으니 어딘가로 이사하고 싶다고. 그녀는 틀렸어. 여기는 좋은 집이고, 10년 전엔가 너희가 사두어서 다행이라고 생각해. 언제까지고 그곳에 살아주렴. 절대 이사하지 말고.

어제 형이 보낸 편지를 받았어. 결혼한다나봐. 솔직히 말하면 편지를 읽고 망연자실해 있어. 이제 형하고 같이 살 생각은 없어. 수입이 안정되면 금방이라도 아파트를 빌리려고 해.

형과 둘이서만 살려고 했는데, 안 될 것 같아. 눈 깜짝할 사이에 내 꿈은 산산조각이 나버렸어. 충격이 심해서 멍한 채로 있어.'

어쨌든 주세페는 미국으로 건너간다. 뉴욕의 공항에 도착했을 때는 심한 감기에 걸려 며칠간 앓아누워 버린다. 이탈리아의 친구들은 주세페를 걱정하면서 그가 모두에게 플라톤의 『대화』를 읽어주던 밤을 그리워하고 있다.

프린스턴에서의 생활이 시작된다. 형의 집은 이층집으로, 주세페는 이전 집주인이 아이들 방으로 사용하던, 곰 인형이 빨간 풍선을 들고 날아가는 그림이 그려진 벽지를 붙인 방에서 지내게 됐다. '안 마리는 언제나 생글거린다. 입은 웃고 있지만 눈이나 얼굴의 다른 부분은 웃고 있지 않다.' 대체 주세페는 무엇을 위해서 직업을 버리고 집까지 팔아 그따위 미국에 가기로 한 것일까, 독자들은 궁금해한다.

'형과 안 마리의 아침 식사가 끝나면 나는 그녀를 도와 접시를 닦는다. 그러고 나서 문 앞의 쓰레기통까지 쓰레기봉투를 들고 간다. 그러면 로덴 코트를 입은 형과 머리를 묶은 안 마리가 내려온다. 현관의 거울 앞에서 안 마리는 베레모를 쓰고 손으로 귀 윗부분을 꾹 눌러 고정시킨다. 그리고 둘은 차고에서 자동차를 빼내와 연구실로 향한다. 나는 창문에서 손을 흔든다. 그때부터는 혼자다.'

페루자나 로마에 남은 친구들뿐만 아니라 독자들도 이 이야기의 전말에 조바심이 난다. '인생이란 게 원래 이런 건가'라고 친구 피에로는 말하지만, 독자들은 그래도 납득할 수 없다. 이런 불협화음 그 자체와도 같은 생활을 위해 주세페는 멀리 떠났단 말인가. 다만 한 가지, 저자가 별것 아닌 디테일처럼 적어놓았기에(그 덫에 독자들은 보기 좋게 걸린다) 간과해버린 게 있다. 주세페는 프린스턴에 도착했을 때부터 소설을 쓰고 있다.

그가 미국에 도착한 것은 11월이었는데, 이듬해 1월에 돌연 형 페르초가 강연 중에 뇌출혈로 쓰러져 급사한다. 루크레치아의 편지. '그런데서 이제 와 뭘 하고 있는 거니, 한시라도 빨리 돌아와, 당분간은 몬테 페르모에서 지내면 돼.' 그리고 주세페의 답장. '나는 돌아가지 않아. 안 마리 곁에 있어줘야만 해. 그녀는 나를 필요로 하고 있어.'

안 마리에게는 첫 번째 결혼에서 얻은 딸이 하나 있다. 샨탈이라고 하는 그 딸은 다니라는 무미건조한 남자와 결혼해 임신 8개월째다. 주세페는 그 두 사람의 아이까지 보살피는 처지가 됐다. 루크레치아를 필두로 이탈리아의 친구들은 주세페가 어째서 돌아오지 않는지 이해 불가다. 주세페 자신도 왜 그런지 잘 이해하지 못하고 있는 듯하다.

그런데 선택하지 않는 듯하면서 주세페는 차근차근 선택하고 있다. 이것이 독자들의 마음속 깊은 곳에서 일종의 공감을 불러일으킨다. 젊은 시절 우리는 모든 것에 대해 자신의 선택이 인생의 갈림길을 결정해나간다고 믿었다. 플라톤을 읽기도 했고 소설을 쓰려고 하는 주세페에게도 분명히 그런 시절이 있었을 것이다.

하지만 인간은 어느 정도의 나이가 되면 자신의 선택에 대해 타인에게, 그 자신에게조차 설명하지 않게 된다. 설명하기에는 인생이 너무나 불합리하게 진행되고 있음을 진저리 날 정도로 깨닫기 때문이다. 그래서 긴츠부르그도 그것에 대해 장황하게 말하지 않는다. 처음에 독자는 안달하고, 로마에 있는 주세페의 친구들과 함께 조마조마해한다.

'어제 안 마리와 나는 묘지에 갔다. 그녀와 나는 팔짱을 끼고 걸었다. 그녀는 울고 있었다. 울고 있을 때도 그녀는 희미하게 웃고 있었다. 웃고는 있지만 뺨이나 눈은 웃지 않는다. 턱과 입술만으로 짓는 미소다. 집에 돌아와서 내가 주방에 앉아 있는데 내가 있는 곳으로 와서 내 머리를 쓰다듬었다. 그래서 나는 머리를 그녀의 몸에 기댔다. 울로 된 까만 옷을 입은 마른 그녀의 몸에.'

이탈리아에서도 여러 가지 일이 일어난다. 주세페의 아들 아르베리코는 로마에서 살게 되는데, 베를린 시절부터 그를 따라다니는 나디아라는 이름의 소녀와 살바토레라고 하는 그의 친구 세 명이서 함께 생활한다. 나디아는 베를린에서 알게 된 남자의 아이를 임신했고, 중절 수술은 하지 않는다. 이윽고 여자아이가 태어난다. 그러자 아르베리코는 그 아이가 자신의 아이라며 출생 신고를 한다. 그는 자신이 평생 아이를 갖지 못할 것이라 생각하고 있었다. '다만 나와 같은 성姓을 가진 아이가 있다는 것은 기쁘다'라고 말한다. 동성밖에 사랑할 수 없는 아르베리코가 이상한 형태로 가족을 갖게 된 것이다. 이것이 이른바 이 소설 속 제3의 가족이다. 친구들은 아르베리코가 나디아의 딸 조르자를 정성껏 돌보는 모습을 써서 미국에 있는 주세페에게 편지로 전한다.

또 하나의 사건은 이나치오 페지즈, IF라고 불리는 수상쩍은 미술품 거래인의 출현이다. 그의 존재는 레마르게리테 친구들의 오래된 신뢰 관계를 뿌리째 뒤흔들어 변질시켜버린다. 루크레치아가 그와 연애를 시작한 것이다. 그녀는 다섯 명의 아이를 데리고 피에로의 곁을 떠나려 한다. 방문을 안쪽에서 걸어 잠그고 그녀는 주세페에게 편지를 쓴다. '나와 당신이 함께였을 때는, 말하자면 무혈의 밀월이었는데, 이번 일로 부근 일대가 피바다가 될 것 같아…… 당신 근황도 알려줘. 당신이 사는 곳도 도대체 어떻게 되고 있는지 알려주면 좋겠어. 아직도 곰 인형 방에서 자고 있나요. —루크레치아'

'무혈의 밀월이란 건 이 세상에 없어.' 분노한 주세페는 대답한다. '이제 곰 인형 방에서는 자지 않아. 침실은 2층으로 옮겼지만 안 마리와 같이 자는 건 아니고. 궁금해할 것 같아 덧붙이자면.'

여름날 아이들이 바다에 간 사이에 루크레치아는 집을 나가버린다. 그녀는 남편 피에로와 헤어져 아이들과 로마에서 살 집을 구하기로 한다. 다음은 친구 한 명이 주세페에게 보낸 편지다.

'레 마르게리테를 판다고 하네. 유감이야…… 눈 깜짝할 사이에 많은 일이 일어났지. 자네와 함께 그 집에 갔던 게 고작 어제 일처럼 느껴지는데. 지금도 눈앞에 어른거려. 그 현관, 그네, 아이들과 줄줄이 묶여 있던 개들도. 언제 가도 꽉 차 있던 그 현관에 놓인 외투걸이…….'

루크레치아는 새 애인인 IF의 아이를 가졌다. 몬테페르모를 버린 뒤 로마에서 빌린 아파트는 춥고 어두웠다. IF에게는 이포라는 이름의 20년 된 여자친구가 있다. IF(어떻게 된 일인지 루크레치아도 그렇게 쓰고 있는데, 이나치오 페지즈라고 하는 이 남자의 본명은 왠지 내게도 기분 나쁜 이름이다. 소리도, 철자도 싫다)는 낮에는 루크치아의 집에서 식사를 하고 밤에는 이포의 집으로 간다. 때때로 한밤중에 엘리베이터 소리가 들리면 나면 IF가 들어온다. 루크레치아는 주세페에게 편지를 보낸다.

'……로마에서 이런 식으로 살 거라고는 생각지도 못했어. IF와 함께 사는 것만을 생각했다고. 그치만 당분간은 안 된대. 언제나 같은 걸 물어본다고 그는 화를 내. 내가 이해할 마음이 없으니까 이해하지 못하는 거라나. 당장 같이 산다는 건 절대 불가능하대. 조금만 더 있으라고. 조금이라는 게 어느 정도인지. 그건 모르겠다고 하네…….'

'이포 따위 죽어버리면 좋겠어. 그가 이포하고 헤어져만 준다면 나로서는 아무 불만이 없겠지만 그가 그건 안 된다고 하니까, 그럼 죽어버리면 돼…….'

불쌍한 루크레치아. 독자들은 IF가 하는 말은 절대 신뢰할 수 없다고 생각하면서 어떻게 해서든 루크레치아에게 고유의 자주성과 명랑한 자유분방함을 찾아주고 싶어한다.

한편 프린스턴의 주세페는 안 마리와 결혼한다. 결혼하자마자 딸 샨탈이 태어난 지 얼마 안 된 아기를 데리고 기어 들어온다. 남편 다니와는 헤어졌다고 하면서. 그리고 주세페의 소설이 완성된다. 하지만 이탈리아어로 쓰여서 당분간 발표될 가망은 없다.

루크레치아의 출산. 이전과는 달리 길고 고통스러운 출산이었다. IF가 파리에 나가 있어서 그녀의 곁에는 레 마르게리테 시절의 친구들과 그 틈에 섞인 남편 피에로가 머무르며 시중을 든다. 남자아이가 태어났지만 심장에 문제가 있어서 이틀 만에 죽는다. 피에로가 부권을 포기하지 않았기에 그의 아이로 장례를 치렀다. 스치듯 지나가는 가족 같은 것이 또 하나가 생겼다가 사라졌다. 프린스턴에서는 안 마리와 샨탈, 그녀의 딸 마기가 주세페를 둘러싸고 유별난 '가족 놀이'를 하고 있다. 주세페와 안 마리 사이에 마음의 교류 같은 것은 없다. 그는 매일 루크레치아를 생각하며 가슴 아파하고 있다. 루크레치아가 보낸 편지를 통해 그녀가 IF에게 버림받았다는 것을 알게 된 후부터다.

'……내가 순식간에 못생기게 늙어버린 듯한 느낌이야. 머리카락은 부석부석 빠지고 갑자기 주름은 늘고. 예전의 창백함은 사라지고 피부는 누레져버린 것 같아. 당신이 예전에 칭찬해준 그 '근사한 창백함'은 사라져버렸어…… 이제 평생 당신을 못 만나는 건 아닐까, 때때로 그런 느낌이 들어. 그걸로 됐어. 이 꼴이 된 나를 보지 않았으면 하니까. 그걸로 됐어. 이 세상

에서 함께해서 지치지 않았던 이는 당신 하나뿐이었던 것 같아…….'

이야기의 전개를 서둘러 보자. 로마에서 주세페의 아들 아르베리코의 영화가 좋은 평가를 받는다. 그러나 머지않아 그의 파트너인 청년 살바토레가 마피아와의 싸움에 휘말리고 그를 보호하려던 나디아가 칼에 찔려 죽는다. 불합리 속의 불합리한 설정이다. 실제로 1970년대 이탈리아에는 이와 같이 얼핏 유치해 보이는, 아무리 생각해도 어른들의 세계에서 통하는 논리에 기반해 있다고 생각하기는 어려운 사건이 잇달아 일어났다. 모로 수상의 암살이 그렇고, 파솔리니의 죽음은 더더욱 헛되어 견딜 수 없었다.

살해당한 나디아는 아르베리코가 수양아버지 역할을 한 여자아이의 어머니다. 그녀는 자식에게 뭐 하나 제대로 해준 것 없이 야무지지 못한 무능 그 자체의 짧은 생애를 마감했다. 머지않아 나디아의 아버지라는 인물이 나타난다. 부유한 시칠리아의 지주다. 그가 아르베리코의 성을 가진 조르자를 데리고 가버린다. 사르봐토레 역시 사건 이후에 자취를 감춰버리고 아르베리코는 고스란히 혼자 남겨진다.

루크레치아에게도 붕괴의 시간이 찾아든다. 남편

피에로에게 어린 여자친구가 생긴 것을 알고 그녀는 심한 충격을 받는다. 피에로는 그 여성과 결혼해야겠다고 진지하게 생각하고 있다. 루크레치아가 주세페에게 보낸 편지.

'……이젠 기가 막혀서 말도 안 나와. 내가 언제까지나 그의 인생, 그의 가슴속 중심에 있을 거라 생각했던 거지. 그렇지 않다는 것을 알았을 때에는 높은 산의 정상에서 굴러떨어지는 듯한 느낌이었어…….'

레 마르게리테의 친구 모두가 처음부터 어쩐지 수상쩍게 여겼던 IF는 이미 자취를 감췄다. 이렇게 되리라 처음부터 다들 알고 있었지만 루크레치아에게는 그게 보이질 않았다. 게다가 피에로만은, 이 사람만은 어떤 일이 있어도 그녀를 기다려줄 것이라고, 루크레치아처럼 어느새 그렇게 단단히 믿어버린 독자들도 그가 어린 여자와 결혼할 것이라는 사실을 알고 등줄기가 서늘해진다.

프린스턴의 주세페에게도 불행이 줄줄이 찾아든다. 샨탈은 딸 마기를 데리고 뉴욕으로 가버린다. 안 마리와 둘이서 프린스턴에 남게 된 주세페는 평생을 연구소에서 보낸 이 여성과 공통의 화제가 전혀 없다는 사실을 새삼 절실히 느낀다. 안 마리가 병에 걸린다. 백

혈병이다. 수명이 얼마 남지 않았다.

마지막으로 한 가지 더 불길한 사건이 기다리고 있다. 주세페의 아들 아르베리코가 친구 살바토레를 덮쳤던 마피아에게 찔려 나디아가 그랬던 것처럼 친구를 대신해 죽는다. 파조리니의 기억은 여기서 한 번 더 반복되는데, '대신'이라는 설정은 기독교에서 등장하는 죽음의 기억을 상기하지 않고는 지나갈 수 없을 것이다.

주세페는 아들의 장례식에 참석하기 위해 이탈리아로 돌아가지만 그때 마침 파리를 여행하던 루크레치아와 재회하지 못하고 프린스턴으로 돌아온다. 안 마리도 얼마 지나지 않아 죽는다.

레 마르게리테의 친구들과 헤어지고부터 2년 반 사이에 주세페는 형 페르초와 아들 아르베리코, 형수였다가 아내가 된 안 마리를 여의었다. 이런 이야기가 존재해도 되는 걸까. 허나 긴츠부르그는 담담하게 이야기를 마친다. 적어도 안 마리로부터 그가 해방되었음에 독자들은 안심한다.

소설은 루크레치아의 편지로 끝난다. '……분명히 당신에게도 내게도 요 몇 년간 너무나 많은 일이 일어났다는 생각이 들어. 그러니까 만약 우리가 재회하게 되더라도 당분간은 아무 말도 하지 못할 거야…… 당신이 어땠는지 난 잊었다는 말, 거짓말이야. 기억하고 있고말고. 마치 당신이 지금 이 순간 내 앞에 서 있는 것처럼 또렷이 기억하고 있어.

당신의 숱이 적고 긴 머리, 높이 솟은 코, 길고 가는 다리, 커다란 손. 언제나, 여름에도 차가웠던 당신의 손. 이것 봐, 기억하고 있지? ―루크레치아'

이 모든 것이 주세페가 프린스턴에서 쓴 소설이라고 하면 어떨까. 루크레치아를 향한 사랑만이 견딜 수 없는 여운처럼, 듣는 이가 부재하는 노래처럼 떠돈다.

작품 속의 '모노가타리'와 '소설'
—다니자키 준이치로의 『세설』

다다미 위로 물결치며 방 안 가득 퍼져나가는 색의 홍수, 전신 거울 앞에서 이 오비기모노를 단단하게 고정시키기 위해 허리에 두르는 띠로 할까, 저 오비가 좋을까, 색과 무늬가 다른 것들을 대보느라 여념이 없다. 그런 자매들 옆에서 다음 오비를 양손에 들고 참을성 있게 기다리는 가정부. 슈쿠가와 집안 어머니들의 외출 준비는 언제나 이렇게 야단법석이다. 『세설』이 서점에 나온 후, 전쟁으로 혼기가 늦어진 숙모가 숨 쉴 때마다 꼭 조인 오비에서 삐익삐익 소리가 난다는 대목을 읽으며 '다니자키 씨는 남자인데도 이런 걸 잘도 알고 있네'라고 감탄하며 어머니와 이야기했던 것이 그리운 추억으로 떠오른다. 반세기 가까이 지난 일이다.

하지만 오늘날의 젊은 독자들에게 『세설』은 어떤 의미에서는 난해하고 지나치게 장황한 작품으로 비치지 않을까. 마키오카 집안의 아름다운 자매들, 특히 일본 '고전'의 아리따움과 특징을 갖춘 여성으로 설정된 세쓰코에 독자들은 얼마나 공감할 수 있을까. 이 작품이 쓰일 무렵과는 달리 사회적 관습, 특히 여성을 둘러싼 상식이나 관습이 상당한 변화를 성취했기 때문일 것이다. 하지만 생각하기에 따라서는 이와 같은 현실과의 괴리가 이 작품이 고전으로 읽히기 위한 더 좋은 조건이라고도 말할 수 있지 않을까.

새삼 말할 필요도 없이 『세설』은 다니자키의 예술성이 원숙기에 도달한 시기의 작품이며 그때까지 쓰인 작품의 집대성이기도 하다. 또한 작가가 『겐지모노가타리』를 현대어로 번역하는 작업에 착수한 시기와 이 작품이 쓰인 시기가 겹치기 때문에 『세설』에 미친 『겐지모노가타리』의 영향이 계속해서 논의되어왔다. 이런 비평이 갖는 의미는 과연 무엇일까. 그것 외에도 작품에서 지적되어야 마땅할 점들이 있을까. 이번에 로마대학 문학부의 일본어 · 일본문학과에서 강의할 기회가 주어진 것을 계기로 나는 다시 『세설』을 읽고 나름대로 생각해오던 것을 정리해보기로 했다.

먼저 작품의 발단 부분에서 인물들이 놓인 상황을 간단히 설명해보겠다. 『세설』은 마키오카 집안의 네 자매 중 셋째인 세쓰코가 몇 번의 맞선을 거쳐 결혼에 도달하기까지의 과정을 막내딸 다에코가 '집'을 떠나 독립생활을 확립하기까지의 이야기와 병행하여 마치 꿰맞추듯 구성된 작품이다. 시대적 배경은 일본이 태평양 전쟁에 돌입하기 직전까지의 약 4년 반 동안이다. 마키오카 집안은 선대까지 오사카에서 명망 있는 자산가였으나 지금은 몰락했고, 장녀 쓰루코와 그녀의 남편이자 집안의 데릴사위인 다쓰오의 아버지가 남긴 오사카의 집에서 살고 있다. 부부는 집안의 격식과 관련해 매사에 신경을 곤두세우지만 실제로는 은행원인 다쓰오의 월급으로 여섯 명의 아이를 기르는 데 급급하다. 이야기의 서두에서 쓰루코는 37세로 나온다.

차녀 사치코는 34세, 이쪽도 데릴사위 남편 데노스케와 고베 근처의 고급 주택지인 아시야효고현 남도부에 위치한 시에 살며, 일곱 살짜리 딸 데쓰코를 기르고 있다.(데릴사위를 들이는 것은 오사카에서 부유한 상인 가문商家의 관례였다. 아버지가 생존해 있을 때 결혼한 장녀와 차녀와는 달리 지금은 몰락해버린 마키오카 집안의 손아래 딸 둘은 양자는커녕 적당한 결혼 상대를 찾기조차 쉽지 않다.) 데노스케는 경제적으로도 풍족하고, 아름다운 아내와 미혼인 처제들을 깊이 사랑하고 있다. 30세의 세쓰코와 26세의 다에코는 원래는 본가에서 쓰루코의 신세를 져야 하지만 두 사람은 샐러리맨(당시 오사카의 상인 가문에서는 월급쟁이를 업신여겼다)인 형부 다쓰오를 싫어해서 가까이하지 않고, 아시야에 있는 사치코의 집에서 살고 있다. 그러다보니 사치코와 데노스케는 이 두 동생을 무사히 시집보내야 한다는 책임감 같은 것을 느끼고 있다. 자유분방한 막내 다에코가 몇 년 전에 일으킨 남녀 관계에 얽힌 스캔들 때문에 언니 세쓰코의 결혼도 늦어지고 있지만 정작 그 사건의 씨앗을 뿌린 다에코는 자신의 행실을 고칠 기미가 전혀 보이지 않는다.

『세설』을 관통하는 주제는 지금까지 여러 의미로 해석되어왔듯이 '지는 봄을 애석해하는 마음'과 세쓰코를 아끼는 마음일 것이다. 그러나 내가 특별히 흥미를 느낀 점은 이 주제를 전개하는 데 사용한, 작가가 고안해낸 말하기 양식이다.

다니자키는 『문장독본』(1934)에서 '일본어 문장의 유순함을 전달'하는 문장과 '한문의 단단한 맛을 전달'

하는 문장('겐지모노가타리파'와 '비非겐지모노가타리파'), 나아가 서양과 일본의 문장 성격을 구분 짓고 있다. 이에 주목한 노구치 다케히코일본의 문예평론가는 이 같은 '모노가타리풍'의 내레이션이 사용된 '고전 회귀' 시대의 어투에 대해 언급했다. 다니자키가 '문장'이라고 부르는 것을 노구치는 '이야기'라고 표현하는데, 나는 『문장독본』을 집필한 후부터 10여 년에 걸쳐 완성한 『세설』에서 '문장'을 넘어 장르 양식적인 면에서 획기적인 성과를 거뒀다고 생각한다. 이 작품에서 저자가 세쓰코와 다에코라는 대조적인 인물의 스토리를 병행 혹은 교착시킬 때 '문장'의 영역을 넘어서 스토리의 모노가타리적 전개와 소설적인 그것을 병행 및 교착시키고 있기 때문이다.

이 같은 이중 구조, 즉 서구의 전통적인 '소설'의 플롯적인 전개 구조와 『겐지모노가타리』 등을 기점으로 하는 전개는 말할 것도 없이 '모노가타리'적, 즉 '일본인' '특유'의 성격을 지닌 세쓰코와 그 '반대' 지점에 서 있는 '서양인' 같은 다에코라는 두 인물 위에서 구축되고 있다.

'우리 모두는 사물을 줄잡아 어림잡습니다. 10의

실력을 갖추고 있는 자라면 매사에 스스로 7이나 8밖에 없다고 여기면서 다른 사람에게도 그런 체하고, 그것이 겸허의 덕에 이르는 것이라 여겼습니다. 서양인은 그 반대로 10을 10이라고 말하는 데 스스럼이 없습니다. 그들이 겸허의 덕을 모르는 것 같지는 않습니다만, 그들의 기준에서 동양식 겸허는 비겁하기도 하고 구습으로 비치기도 하며 심지어 부정직하기까지 한 것일지도 모르겠습니다. (…) 우리는 (…) 서양인이나 중국인과 비교해 그렇게 집요하지 않습니다. 좋게 말하면 산뜻하게 포기할 줄 아는 것이겠지만 나쁘게 말하면 성미가 급하고 집착하는 힘이 없는 것이기에 한 가지 일에 대해 지나치게 언급하는 것을 싫어합니다…….'(『문장독본』)

위의 방점은 내가 찍은 것인데, 이 강조된 부분에서 우리는 세쓰코와 다에코라는 두 명의 등장인물의 성격을 생생히 경험한다.

그러나 저자는 세쓰코와 다에코를 단순하게 성격묘사의 대상으로 삼는 것에서 그치지 않는다. 저자가 두 사람의 스토리를 각기 다른 장르의 작법에 따라 전개하고 있다는 점이 중요하다. 이런 식으로 생각해보면, 『세설』에서 (제목으로 올릴 만큼) 저자가 사랑하는 세쓰코의 이야기와 대부분 병렬해 (우지주조『겐지모노가타리』의 마지막 장인 3부의 제45첩 하시히메에서 제54첩 유메노 우키하시까지의 10첩을 가리킨다가 '그 시대' 이후의 이야기였듯이) 저자의 호불호를 불문하고 다음 세대 여성인 다에코가 독립까지 이르는 과정이 서술되고 있음을 알 수 있다. 세쓰코의 여러 차례 맞선부터 혼담 성립까지의 과정과 거의 같은 비중으로 다에코의 갖은 연애 편력부터 독립에 이르기까지의 과정이 등장하며 대조적이라고도 할 수 있는 두 가지 서술 양식으로 다니자키가 기술하고 있다는 점에 주목하고 싶다.

위의 내용을 좀더 구체적으로 말하자면 다음과 같다. 세쓰코에 관한 서술은 드라마적 성격이 약한, 일상의 소소한 사건이나 인물을 둘러싼 사건의 비교적 평범한 부침(하타 고헤이 일본의 소설가는 이를 '되풀이'의 수법이라면서 다니자키의 『예담』『그늘에 대하여』를 인용해 지적했다[1])을 위주로 평탄한 '모노가타리'적 작법에 따라 진행된다. 반면, 다에코에 관해서는 남성 편력에 따라

---

1 『현대일본문학대계 제131편』(치쿠마쇼보) 월보41, 하타 고헤이 「꽃은 벚꽃」.

변용되고, 수해, 이타쿠라의 죽음, 이질赤痢, 출산에 잇따른 아기의 죽음 등과 같은 불가역적인 시간 위에서 설정되는, 부침이 잦은 드라마적 성격을 핵심으로 구성되어 있다. 이 두 가지 작법을 뒤섞어 이야기를 진행시키고 있다는 점에서 다니자키의 비범한 재능을 높이 평가한다. 지금까지 『세설』에 대해 쓰인 것들에 새로운 시점을 하나 더 추가할 수 있을지를 염두하면서 다시 한번 이 작품을 읽어보려 한다.

먼저 『세설』이 상, 중, 하 세 권으로 나뉘어 있는 것에 주목하자. 각 권이 명확한 의도에 따라 묶였기 때문이다. 상편에서는 과거에서 현재로 이어지는 전통적인 미의 가치가 펼쳐지고 그 존속을 위협하는 것이 있음이 암시된다. 등장인물들은 머지않아 전통이 파탄에 이른다는 것을(그리고 파탄이 어떤 의미에서 당연한 결과임을) 의식하면서도 그 영속을 빈다. 하지만 중편에서는 상편에서 제시된 '미의 세계'에 대항해 이것을 잠식하는 것이라 여겨지는 현실, 즉 현대 세계를 확인하고, 수해와 다에코의 타락(다에코의 이질과 이타쿠라의 민사悶死, 양쪽 다 발병의 원인은 세균 감염=더러움에 의해 촉발됐다는 점에 주목)에 따른 파탄의 구체화·표면화에 대해 말하고 있다. 하편에서는 가까운 목표의 달성(세쓰코의 맞선 성공)이 동시에 세쓰코와의 이별로 연결되어 있다. 상편에서 상찬賞讚을 받은 세계는 이 이별로 종말을 고하게 되는데, 한편으로는 새로운 형태의 존속이 약속되어 있는 듯하다. 특히 간과해서 안 될 점은 작가가 세쓰코의 '모노가타리'가 종언하는 시점과 거의 공시적으로 다에코의 '플롯'을 끝내고 있다는 것이다.

다니자키가 작품에서 드러낸 구조의 복잡함은 이처럼 각 권의 구성에서도 파악되지만, 좀더 자세히 검토해서 장르적 방법을 상세하게 분석해보자. 먼저 상편에서는 세쓰코가 본 한두 번의 맞선이 고비를 맞으면서 세 자매의 고상한 일상이 섬세하게 그려진다. 19장의 '꽃은 벚꽃, 생선은 도미'라는 정의에 뒤따르는 교토에서의 꽃구경 장면에서 하나의 극점으로 치닫는 이 부분이 '에마키모노일본 회화 형식의 하나처럼 아름다운 이야기'라는 『세설』의 전체적 인상을 규정하고 있음은 더 말할 것도 없다. 그렇지만 이에 못지않게 유명한 장면인 자매들이 옷을 갈아입는 앞부분의 전개가 중단된 것은 이 세계를 침식하는 다에코의 과거를 이야기하기(이를 위해 매스컴에 적발된 스캔들이라는 '현대적'인 소재가 활용된다) 위해서다. 5장에서 그 장면이 또다시 등장했을 때 독자는 이미 최초에 느꼈던 티 없이 순수한 기쁨을 틀림없이 잃었으리라. 자유분방한 다에코의 생활이나 여러 번 거듭할수록 상대의 조건이 점점 나빠지는 세쓰코의 맞선 등 몇 가지 쇠퇴의 조짐을 감춘 채 상편에서는 봄의 절정이 극명하게 서술되고 있다. 그러나 만발한 교토의 벚꽃을 즐기던 둘째 사치코가 '세쓰코가 한창인 때도 올해로 마지막일 텐데'라는 생각에 젖어 시간의 흐름을 슬퍼하는 모습이 고금집古今集 일본 전통 시가 문학작품집인 고금와카집의 축약어 이래의 서정적 레토릭으로 떠받쳐지고 있음을 놓쳐서는 안 될 것이다.

'봄'은 곧 '흘러 흘러가는 시간'을 헤아리는 척도로, 그를 위해 초반부에 상세하게 소개된 꽃구경은 내용이 이미 변질된 후에도 연례행사로 성실히 고해진다. 그것은 작가가 서구풍의 시계적=직선적인 시간에 따른 화법을 고의로 피하고, 이전부터 일본 문학의 레토릭에서 유래한 '상징'에 따른 시간 경과의 화법을 쓰고 있음을 드러낸다.[2] 상편이 세쓰코의 부재로 끝나는 것

---

2 큰언니 쓰루코를 따라 도쿄에 간 세쓰코에게 일가가 모이는 달맞이 소식(23장)도 달과 눈 그리고 꽃의 레토릭에 비준하는 것으로 생각할 수 있겠지만, 이 서술과 19장의 꽃구경에는(『겐지모노가타리』를 본떠) 필시 행사의 중요성을 강조하기 위해서 와카和歌(단가) 형식의 일본 고전시가 첨부된다. 겐지모노가타리에서는 이것 이외에도 가령 서정의 깊

역시 하나의 은유라 생각해도 좋다.

그다음으로 '현대'의 은유로도 읽힐 수 있는 중편에서는 '고상함'의 레토릭이 후방으로 밀려나고 이야기의 중심은 몇 가지 드라마틱한 사건의 서술로 기운다. 세쓰코를 중심으로 한 상편의 2차원적인 '모노가타리'풍 서술은 다에코 중심의 '소설'적 서술로 대치된다. 중편의 중심인물은 말할 필요도 없이 다에코로, 마치 그것을 꺼리기라도 하듯이 이 편에서는 세쓰코의 맞선이 한 번도 성사되지 않아 그녀는 대부분의 시간을 도쿄의 본가에서 머문다. 그녀의 부재는 '고상함'의 세계인 아시야의 마키오카 집안의 붕괴를 허용하는 것으로까지 읽힌다.

13장부터 19장까지의 긴 부분이 사치코의 도쿄 체류로 채워지고 있는 것 또한 흥미롭다. 도쿄는 다에코와 같이 '고상함'의 세계 바깥쪽에 위치하고 있기에 사치코 등이 여기서 조우한 태풍이 몰아치는 밤에 느끼는 공포는 겐지의 스마『겐지모노가타리』의 제12첩에 묘사된 폭풍의 밤에 필적할 만한 것이다. 다만 잊어서는 안 될

이를 더하기 위해서 와카가 사용되기도 하나, 다니자키는 오히려 문장의 격조를 높이고 싶을 때 이 수법을 쓰는 것으로 보인다.

것은 '스마'와 '도쿄' 사이의 근본적인 차이로, 『겐지모노가타리』의 문화적 중심이 단일하게 교토 '도시'에 있음에 비해 『세설』에서 간사이 지방에 대응하는 도쿄는 그 정치적, 경제적 중요성 때문에(그리고 아마도 작가의 고향이기도 하기에) 대개 이원론적인 무게를 가지고 있다는 점이다.

중편에서는 앞부분에 다에코의 주변에 새롭게 출현한 남성과 그녀의 『눈』의 지가무교토 지방에서 발달한 일본 무용의 한 종류를 배경으로 다에코의 플롯이 세 장에 걸쳐 소개된다. 이 에피소드에서는 쇼와 13년(1938)에 오사카시와 고베시 사이에 위치한 지역을 덮친 풍수해가 묘사되는데, 4장부터 9장에 걸친 풍수해에 관한 서술은 다에코의 구출이라는 드라마를 내포함에 따라 '소설'적 요소를 확보하고 있음에 주목하고 싶다. 상편에서 결말이 불안하게 그려진 '마키오카 집안의 세계'는 홍수에 침식당한다. 다에코의 자유분방한 삶의 방식에 자연계의 광란이 병행되는데, 화자 데노스케의 입을 빌려 전편을 통틀어 가장 건조하고 객관적인 묘사가 이루어지는 이 부분의 서술을 통해, 중편이 현대의 은유임을 알아차릴 수 있을 것이다. 나아가 중편에서 현대를 표현하는 요소로 외국인 이웃, 친구들의 행동이

다른 두 편에 비해 훨씬 규칙적이고 극명하게 도드라진다. 독일인 슈토르츠 일가, 백인계 러시아인 일가에 대한 서술이 그러하고, 전쟁이 격화됨에 따라 저마다의 가족이 허둥지둥하며 일본에서 탈출하는 모습의 묘사가 그러하다. 이 인물들은 『세설』을 세계 속의 일본 그리고 역사 속의 한 시기로 위치 짓는 역할을 수행함과 동시에 '아시아'의 무정부에 가까운 풍아風雅로움을 독자들에게 전달하는 도구가 될 수도 있겠다.

'중요한 행사'인 꽃구경이 이 편에서는 단 한 줄의 보고로 끝나는 데다 같은 문장의 말미에서 에쓰코의 발병이 알려진다는 것 또한 고상함의 세계가 쇠퇴하는 것을 암시하는 듯해 흥미롭다. 에쓰코의 질병이 작가가 분명 정밀 묘사 기법으로 자유자재로 묘사할 수 있는 성홍열(피부의 병변, 손상은 육체 부분의 손상과 더불어 다니자키가 좋아하는 묘사의 소재이기도 하다. 예를 들어 『문신』 『인면창』 『춘금초』)임에도 불구하고, 또한 마지막 장에 가서야 겨우 그녀가 회복된다고 보고될 정도로 장기간에 걸친 것이었음에도 불구하고 그 병세에 대해 거의 언급하지 않은 것은 어째서일까. 그에 비해 거의 동시에 진행되고 있는 다에코의 애인 이타쿠라의 탈저발가락이나 손가락이 썩어 떨어지는 병로 인한 무서운 죽음의 고통은 세 장에 걸쳐 지극히 미세한 부분까지 묘사되고 있다. 그 이유는 물론 에쓰코라고 하는 인물의 주변성에 있겠지만, 한편으로는 아이들의 질병이 에로스와 관련될 수 없다는 점과도 필연적인 관련이 있을 것이다. 작가 다니자키의 전 작품을 관통하는 테마가 육체적 질병에 대한 공포임을 지적한 것은 시부사와 다쓰히코일본의 소설가이자 평론가, 프랑스 문학인인데, 여기에 첨언하자면 다니자키에게는 질병 그 자체가 에로스적 은유를 드러내는 것이므로 다에코의 '소설'에 풍만함을 입히기 위해 이 복선은 빠질 수 없는 것이다. 이타쿠라가 겪은 고통에 대한 묘사가 독자에게 강한 인상을 남기는 이유도 에쓰코의 '소설'이 문학적으로 충족되기를 꾀한 작가가 그의 청년기 이후의 진면목이라고도 할 수 있는 질병에 대한 공포를 마음껏 그려냈기 때문은 아닐까.

전체적으로 '에마키모노처럼 아름다운'(이차원적인) 독후감을 남기는 『세설』의 중편은 그런 인상과는 꽤 동떨어진 소재로 구성되어 있고, 게다가 이런 이유로 굉장히(고전적 테마 이전의) 다니자키다운 필치가 자유자재로 구사될 수 있었다고 말할 수 있을지도 모르겠다. 중편에서 깊어진 다에코와 그녀를 둘러싼 남성상의 육체적 현실감이 『세설』이라는 작품 전체에 소설적 깊이를 부여하고 있기 때문이다.

하편은 일몰의 파트라고도 할 만한 전반부와 장대한 결말에 이르는 후반부로 나뉘어 있다. 한번 흐드러지게 핀 꽃은 두 번 다시 지난날의 화려함을 되찾을 수 없다. 여기에서는 상편 19장의 꽃구경부터 꼽기 시작하면 네 번째, 다섯 번째 꽃구경이 서술되는데, 네 번째 때는 '그야말로 진정 풍아한 맛이 있는 벚꽃 구경을 하는 기분이 들었다'라는 감상이 피력되나, 이는 시국이 시국인지라 꽃구경하는 사람이 드물었기 때문임에 지나지 않는다. 마지막 장의 꽃구경은 시국 탓도 있겠고 다에코의 출산이 얼마 남지 않아서인지 '뭘 봐도 모르겠는 기분으로 돌아왔다'는 서술로 그친다.

그러나 저자는 화려한 꽃구경행을 생략하는 대신에 3장의 일몰 부분에 어울리는 화제로 반딧불 잡기를 마련해두는 것을 잊지 않는다. 꽃구경이 낮 행사인 데 반해 반딧불 잡기는 밤 행사로('과연 반딧불이 잡기는 꽃구경처럼 회화적인 것이 아니라 명상적인……'), 꽃구경이 행해지는 교토 지방에서는 기후岐阜 지방의 시골길이 선택된다. 더욱이 작가가 반딧불이 잡기를 서술할 때 현재의 시점이 아닌 그날 밤, 사치코가 마루에 들어서고 나서부터의 회고 형식을 차용하고 있다는 점에 주목하고 싶다.

하편에서의 회고는 육군사관도 차내에서 슈베르트의 '찔레나무'를 부르며 평화로운 시대에 대한 향수-추억에 잠기는 부분과 어머니의 스물세 번째 기일에 즈음해서는 저자에게 가장 친숙한 테마인 '젊고 아름다운 어머니'에 대한 사모의 마음[3]이 꽤 감상적으로 표현되는 부분이다. 추억이라는 주제는 25장에서 사치코 부부가 결혼기념일을 맞아 하코네로 가는 대목에 이어서 상편 19장의 꽃구경에 필적하는 무게를 지닌 서술로 끝난다.

이제 세쓰코의 '모노가타리'와 다에코의 '소설'의 합류점으로서의 후반을 검토해보자. 1장부터 8장까지는 마키오카 집안의 굴욕일 수밖에 없었던 세쓰코와 사와자키의 혼담, 13장부터 18장까지는 세쓰코의 양식良識을 의심케 할 만큼 파국을 맞이한 하시테라와의 혼담으로 구성되어 있다. 그리고 19장부터 24장까지는 다에코의 질병(적리 급성 전염병인 이질의 하나)으로 채워져 있다.

---

3 『어머니 사모기』『갈대 베기』『요시노쿠즈』『소장 시게모토의 어머니』 외.

여기서도 저자는 필력을 발휘해 질병으로 인한 다에코의 육체적인 변화를 묘사한다(그것은 대개 간접적인 화자인 사치코의 눈을 통해 서술되고, 병세=몰락을 두려워하는 사치코의 공포가 환자의 추악함을 극도로 과장해서 전달하는 것으로 귀결된다).

그리고 압권이라 할 만한 것은 세쓰코의 마지막 혼담인 미마키와의 줄다리기 관계가 다에코의 임신과 병행되어 이야기된다는 사실이다. 『세설』이 단순히 아리따운 에마키모노적인 '모노가타리'에 그치지 않는다는 것은 바로 이 이중 구성이 가장 명쾌하게 입증하고 있다. 아기의 죽음이라는 드라마틱한 결말로 치닫는 다에코의 출산에 대한 서술이 마지막 장의 상당 부분을 차지하고, 그녀가 바텐더 미요시와 몰래 살림을 차렸다는 것이 알려진 후부터(이것이 다에코의 '소설'의 결말이다) 세쓰코의 출발이 끝나기까지 글의 간격이 고작 두 단락밖에 떨어져 있지 않다는 점에 주목하고 싶다.

마지막으로 다에코의 플롯이 그녀의 출산, 아기의 죽음이라는 극적인 주제로 채워지며 결말에 치닫는 데 비해 세쓰코의 '모노가타리'는 그녀와 데노스케 부부의 출발이라는 어이없을 정도로 싱거운 결말로 막을 내린다. 나는 이 어이없음을 작가가 '소설'적인 결말을 주도면밀하게 회피하려고 의도한 결과라 설명하고 싶다. 세쓰코의 '모노가타리'는 마키오카 집안(의 문화적 전통)의 정신적 지주였던 세쓰코 자신이 다른 집안으로 시집간(잃게 된) 결과, 존속의 에너지를 잃고 거의 자연 소멸된다. 이 결말이 다에코의 '소설' 결말에 대항하는 것으로 놓여 있는 것 또한 명백하지만, 동시에 저 유명한 세쓰코의 설사가 내게는 '질병에 대한 공포'의 작가 다니자키의 서명처럼 느껴지기도 한다.

이상이 『세설』 3권에 관한 나의 고찰인데, 전쟁 말기부터 종전 후까지의 어수선한 시기에 이와 같은 대작에 뛰어든 다니자키의 고심, 특히 구성에 대한 고심의 편린은 전해지지 않았을까 싶다. 인생에 도전했던 서양적인 다에코와 생의 흐름에 몸을 내맡긴 일본적인 세쓰코. 쇼와 초기를 살아갔던 이 자매의 대조적인 모습을 보여주면서 단순히 이질적인 두 가지 성격으로 묘사하는 안이한 수법에 맡겨 스토리를 전개하지 않고, 서양적인 소설 작법에 따른 '소설'적인 플롯과 일본 고유의 '모노가타리'적 이야기 방식을 뒤섞어 엮어내는 구성력과 그 내적 깊이에 나는 큰 감동을 받았다.

마침내 결혼하게 된 큰 숙모가 새 성씨를 붓으로 몇

번이고 연습하던 이층 방의 독서대 위에서 어느 날 다니자키의 『맹인 이야기』를 발견했다. 그리고 이렇게 아름다운 책이 있을까 싶어서 놀라 숨이 멎을 것 같았던 게 바로 어제 일처럼 생각난다.

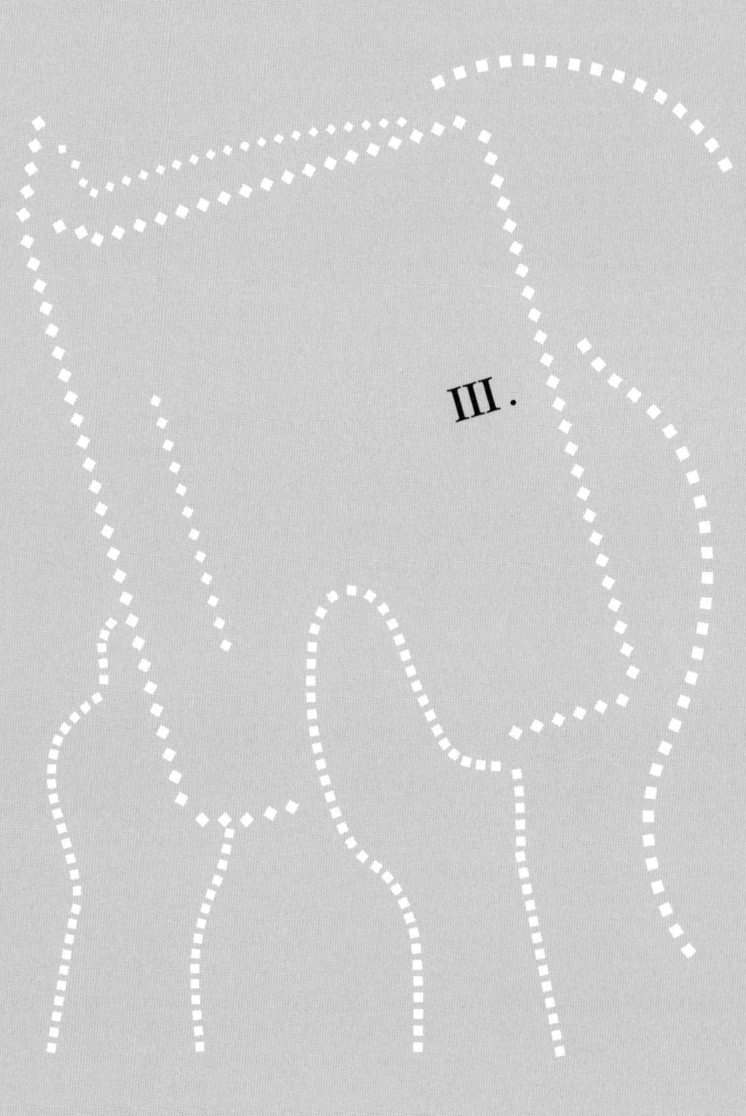

III.

『번역사의 프롬나드』, 쓰지 유미

"고대 카르타고(기원전 9세기경부터)에는 번역가 카스트 제도 같은 것이 있었다고 한다. 번역가들은 머리를 밀고 다른 노역을 일체 면제받는다. 그리고 이 직업을 표시하는 문신을 새긴다. 하나의 언어만 번역하는 자는 날개를 접은 앵무새 그림, 두 언어 이상이면 날개를 펼친 앵무새 그림이다."

고대의 번역가들에 대해 이야기하는 문장을 읽고 나도 모르게 웃고 말았다. '다른 노역 일체 면제'라는 꿀 같은 조건에 끌려와 번들번들하게 머리를 깎이고 앵무새 문신 따위를 당한 채 키보드를 타닥타닥 두드리고 있는 내 모습을 상상했기 때문이다.

어떤 문화에서 그 나라 언어로 쓰인 것만큼 혹은 그

이상으로 중요한 역할을 해온 번역서는 헤아릴 수 없이 많지만, 번역에 종사하는 이들에 관해서는 지금까지 계통적으로 논의된 바가 거의 없다. 그 점에 주목한 저자는 주로 프랑스 문헌을 토대로 번역이라는 일이 어떤 인물에 의해 행해져왔는지 조사하겠다고 결심했다.

번역은 현존하는 문화를 다른 문화로 옮겨 담는 것뿐만 아니라 하나의 피폐한 문명을 새롭게 생겨나는 다른 문명과 잇는 중요한 역할을 해왔다고 저자는 주장한다. 예를 들어 유럽 문명의 원천이라 하면 대부분은 그리스 문명을 떠올리는데, 그것이 직접적으로 전해진 게 아니라 먼저 아랍어로 번역된 그리스어 원전이 매개가 되어 유럽에 전해졌다는 사실은 별로 알려져 있지 않다. 저자는 10세기경부터 거대한 아랍 문화의 중심이자 당시 이슬람권이었던 스페인의 무역에 주목하고 아랍어 문헌을 프랑스어로 옮기는 데 정력을 기울인 번역가들의 업적을 추적한다. 예를 들어 16~17세기까지 이른바 서양 과학의 근간이라고 여겼던 프톨레마이오스의 천문학 대전『알마게스트』, 이븐시나(아비센나)의『의학전범』, 나아가 알 콰리즈미의 대수와 산술에 관한 저작 등을 무려 혼자서 프랑스어로 번역한 크레모나의 게라르트라고 불리는 천재적인 이탈리아인이 있다. 그가 대체 어떤 인물이었는가에 대해 거의 아무것도 전해지지 않는다는 점에 저자는 놀라움을 감추지 못한다.

르네상스를 기점으로 문학작품을 포함해 그리스어, 라틴어, 유럽의 여러 언어 간의 번역이 왕성해졌다. 『일리아스』 등 그리스 서정시 번역이 활발한 번역론을 낳는 한편, 뉴턴이 라틴어로 쓴(중력설을 게재한) 『자연철학의 수학 원리』, 다윈의 『종의 기원』의 프랑스어 번역판이 나왔다. 이 번역가들은 모두 여성으로, 특히 다윈의 책을 옮긴 클레망스 로이에는 번역에 덧붙인 대담한 가설로 프랑스 과학계에 파문을 불러일으켰다고 한다.

저자는 나아가 발레리 라르보나 유르스나르 등 현대의 저명한 작가에 의한 번역론이나 번역에 관해서 의욕적으로 언급하고, 현대의 번역가 조직도 논한다. 전반적으로 화제가 프랑스어권에 치우쳐 있는 것은 아쉽지만, 그 덕분에 프롬나드(산책)라는 제목이 어울리는 책이 됐다.

『이탈리아 기행』, 괴테

35년 전, 이탈리아에서 공부를 계속해야겠다고 결심했을 때, 어떤 친구가 이 책 이미 읽어봤으려나, 하면서 괴테의 『이탈리아 기행』을 건네줬다. 그 당시 나는 미지의 땅이나 나라를 방문할 때 책을 읽고 준비하는 법이 거의 없었다. '내 눈으로 보고, 내 의견을 먼저 확립하고 나서'라는 식으로 나 자신만 신경 썼다. 그렇지만 경애하는 친구에게 받은 책이었기에 비행기 안에서 읽기 시작했다.

베로나 여관에서 종업원이 페르치시마 노테(행복한 밤 되세요!)라고 인사하며 램프를 들고 방으로 들어오는 이야기가 있다. 괴테는 금세 이탈리아인의 시간 감각을 자국 사람들의 그것과 비교하여 독일인답게 딱딱

한 논의를 전개했지만, 나는 그 언어가 가진 소리의 아름다움, 친절함에 감동받아 오히려 괴테의 논리가 시끄럽게 느껴졌다. 그래도 반복해서 이 책을 읽었고, 괴테의 중세에 대한 생각이 나의 그것과는 완전히 달라서 짜증내곤 했다.

지금 다시 읽어보면 괴테의 기행을 이해할 수 없었던 큰 이유 중 하나가 고전에 대한 나의 무지였다는 것을 깨닫고는 흠칫 놀라게 된다. 팔라디오의 건축을 눈으로 보고, 골도니 극장을 감상하며, 가는 곳마다 로마와 그리스 문명의 흔적을 더듬어 감탄하고 즐기는 괴테의 (견문의) 넓이와 크기는 역시 비범하다.

결혼할 때 이탈리아인 시어머니에게서 그녀가 결혼 전에 만들었다는, 하얀 무명천에 하얀 실로 소니 페리치라고 조금은 비뚤비뚤한 글씨로 수놓은 베개 커버를 받았다. '행복한 꿈꾸세요!'라는 뜻을 가진 이 말에서, 나는 괴테를 생각해내고 그리워했다.

『뉴욕 산책—길을 걷다 39』, 시바 료타로

세간의 인기를 끌며 이미 독자의 방대한 지지를 얻고 있는 '길을 걷다' 시리즈 중 한 권을 이제 와 독자들에게 소개하는 게 어떤 의미가 있을까. 이 책의 감상을 다른 이로부터 의뢰받았을 때 반사적으로 이렇게 생각했음을 먼저 고백하는 바다. 일독한 후에도 그 의문이 깨끗이 풀린 것은 아니지만 저자가 숙달된 필치로 담백하게 묘사한 두세 명의 인물에 관해 떠오른 것들이 있어서 결국 이 책을 다루기로 했다.

지금까지 뉴욕에 관해서 많은 책이 나왔다. 그중에서 이 작은 책을 특별하게 만드는 것은 일본과 관계를 맺고 '살아간' 혹은 '살아온' 몇 명의 미국인에 대한 애정 어린 서술과, 오늘날 미국의 일본학에 큰 공헌을 했지만 모국에서는 무명으로 생을 마감한 한 명의 일본인에 관한 글이다.

저자는 제목에서 연상되는 '뉴욕 산책'에 관한 이야기는 대충 끝내놓고, 우선 친일본파 미국인의 선조격인 타운센드 해리스에 대해 이야기한다. 저자는 유명한 『일본 체제기』와 크로라는 이가 쓴 『해리스전』을 토대로, 이 나라에서의 초대 미국 총영사와 공사公使를 역임한 해리스의 생애를 요약해서 소개하는데, 왜 '뉴욕 산책'에 해리스가 등장할까. 우선 그가 잠든 묘지가 브루클린에 있다. 그뿐만 아니라 40세 이후부터 뉴욕시 교육감을 역임했던 해리스는 '가난한 소년소녀를 위해 사재를 털어' 무상 중학교를 건립했는데, 놀랍게도 이것이 오늘날 뉴욕 시립대의 모체라고 한다. 일본에 오기로 한 것은 그 이후다. 소년 시절에 탐험가가 되고 싶었던 그 꿈을 실현시키기 위해서. 일본에서 막부와의 힘든 교섭에 성공하고 그걸로 됐다고 생각했는지, 해리스는 '남북전쟁이 한창인 미국으로 돌아가 뉴욕시 4번가 263의 소박한 하숙집에서 노후를 보냈다'. 1878년에 조용히 생애를 마감할 때까지.

그러나 이에 앞서 저자가 무엇보다 노력을 기울인 부분은 컬럼비아대를 둘러싼 이야기다. 원래 그가 뉴욕을 방문한 주된 이유는 이 대학에서 개최된 도널드 킹 교수의 정년퇴직 기념회에서 강연을 하기 위해서였다. 여기서 킹 교수가 쓴 자전적인 저서를 기반으로 한 정보를 위주로, 긴 세월 동안 그와의 우정을 소중히 지켜온 시바가 그에 관한 추억을 부수적으로 곁들인 킹의 전기가 등장한다. 본디 유럽문학에 흥미가 있었던 젊은 학자가 몇 가지의 우연, 몇 명의 친구, 지인, 교사를 매개로 어떻게 일본문학의 길로 들어서게 된 것일까. 킹 교수가 일본문학 중 일기에 주목하게 된 최초의 동기가 어쩌면 전쟁 중에 미국 군대에서 읽게 된 일본 병사들의 일기나 고향에 보내는 편지는 아니었을까 하고 추측하는 대목은 묘한 감동을 불러일으킨다.

저자는 예전에 컬럼비아대에서 킹에게 일본 사상사, 고전문학의 기초를 가르친 거의 무명의, 아마 그렇기 때문에 더 위대했던 쓰노다 류사쿠라는 교사에 관해 킹의 저작을 토대로 기술한다. 그는 어떨 때는 킹밖에 없는 교실에서 그만을 위해 강의를 계속했다고 한다. 1877년(메이지 10)에 태어난 이 일본인은 '메이지식의 영어 발음으로' 유창하게 명강의를 했다고 전해진다. 강의를 준비하는 데 모든 시간을 썼기에 쓰노다는 저작이라 할 만한 것이 거의 없고, 그래서 일본에 알려지지 않았던 것이라고 시바는 말한다. 이 '훌륭한 학식과 상상력'을 겸비한 쓰노다가 82~83세까지 교단에 설 수 있게 조처한 컬럼비아대(사학은 이런 일이 가능하기에 훌륭할 수 있음에도 종주국인 미국에서도 잊히고 있다)의 견식에 감동했고, 오늘날 학위나 논문 발표에 혈안이 된 나머지 인격을 좀먹히고 있는 젊은 연구자나 교사들의 불행에 대해서도 생각했다.

내가 처음으로 킹 교수를 봤을('봤다'라는 말이 실례되는 표현일 수도 있겠지만) 때의 일을 떠올리며 서평을 마무리하고 싶다. 어느 젊은 일본 연구자의 강연을 들으러 갔을 때였다. 도심임에도 수목이 울창하게 들어찬 어두운 언덕길을 내려가니, 회의장처럼 보이는 건물 부근에 수수한 레인코트 차림으로 서 있는 작은 체구의 신사의 옆모습이 보였다. 킹 교수다. 사진으로만 알고 있던 그를 현실에서 '본' 순간, 문인이라는 단어가 머릿속에 퍼뜩 떠올랐다. 일본을 떠나 살았던 쓰노다 류사쿠 선생도 왠지 그런 사람이었을지도 모른다고, 이 책을 읽고 그렇게 생각했다.

『뉴욕 산책—길을 걷다 39』,
시바 료타로

『조르주 상드의 편지』,
조르주 상드

『사랑의 요정』이나 『마의 늪』 등 프랑스 중부 지방의 전설이나 민화를 원작으로 한 아름다운 전원 소설의 저자 조르주 상드는 사회 계급 차별, 성차별을 비판하는 일련의 소설로도 명성이 높다. 지적이고 화려한 그녀의 존재는 19세기 파리의 문예 살롱에서 주목을 끌었다. 일본에서는 문인 알프레드 드 뮈세나 음악가 쇼팽과의 격렬한 연애의 주인공으로 그녀의 이름을 기억하는 사람이 많을 것이다. 하지만 최근 프랑스에서 2만 통에 달하는 편지를 취합한 26권의 서간집이 출간되어 격동하는 19세기 사회를 주시하며 살았던 여성 작가로서의 조르주 상드가 한층 높이 평가받고 있다고 한다.

이 책은 편집자가 그 서간집 가운데 마요르카섬에서의 쇼팽과의 생활을 담은 편지를 중심으로 선별해 작가의 회상기 『마요르카의 겨울』과 쇼팽이 쓴 편지, 시대적 배경 설명 등을 보충하여 엮은 것이다. 연인과 은밀한 정을 나누며 세월을 보냈어야 했을 마요르카의 겨울은 쇼팽의 병세와 악천후, 그리고 주민들의 몰이해와 편견으로 엉망진창이 되어버린다. 그중에서도 흥미를 자아내는 것은 『마요르카의 겨울』과 비교했을 때, 또 쇼팽의 편지와 비교했을 때 눈에 띄게 나타나는 문체의 격차다. 조르주 상드의 글이 아주 평범해 보이는 데 반해 쇼팽의 시원시원한 편지는 그들이 마요르카에서 누리지 못했던 태양처럼 신선하게 빛나고 있다. 이는 현대 일본어로 쓰인 여성의 편지글이 윤기 있게 다듬어지지 않은 채로 소멸의 위기를 맞이하고 있는 것이 아닐까라는 두려움마저 안겨준다. 포장도 되어 있지 않은 산길로 마차를 타고 가는 곳마다 피아노를 운반해 하루에 일곱 시간씩 자식들의 공부를 돌봐주던 어머니 오로르(상드의 본명)의 이야기 등 역사의 구석구석은 여전히 흥미롭다.

또한 그녀는 쇼팽을 향한 애정을 털어놓고, 이해를 구하며, 자신의 애정을 분석하고, 또 자신이 어떤 사상에 끌렸으며 사회에서 어떤 인간으로 존재하고 싶은가를 극명하게 내보인다. 서두에 등장하는 친구에게 보낸 장문의 편지는 시대를 짊어진 여성 작가로서의 조르주 상드가 가진 재능, 기상, 격렬한 고민을 드러내며 감동을 자아낸다.

『교수형의 언덕』, 에사 드케이로스

고작 두 편의 단편이지만 일본에 알려져 있지 않은 포르투갈 근대 문학작품이 번역되어서 기쁘다.

먼저 「대관을 죽여라」다. '가까이에 있는 벨을 울리기만 하면 멀리 중국 변방에 살고 있는 한 명의 유복한 대관=만다린이 숨을 거두고, 부러움을 사기에 충분한 그의 재산 전부가 너의 것이 된다. 어때, 자네도 벨을 울려보지 않을 텐가.' 지구 맞은편에 있는 사람들에게는 아무래도 꺼림직한 이 문구를, 어느 밤 일에 지쳐 책을 읽던 리스본의 한 남자가 발견하고 왠지 모를 오싹함을 느낀다. 그러면 검은 옷을 걸쳐 입은 몸집 큰 사나이가 나타나 남자를 부추긴다. 어때, 너도 해보지 그래. 물론 남자는 유혹에 넘어가 홍콩, 마카오, 런던을 경유하며(빈틈없는 섬세함이 즐겁다) 거대한 부를 얻게 되는데, 실은 그 이후가 재미있다. 쥘 베른풍으로 장황하게 묘사되는 19세기 말 중국 변경으로의 여행. 벽지에서 남자를 기다리고 있는 몇 가지 아이러니한 반전이 멋지다.

에사 드케이로스는 '근대화' 물결에 뒤처져 있던 19세기 포르투갈을 대표하는 소설가 중 한 명이다. 처음에는 프랑스에서, 나중에는 영국의 동시대 작가, 특히 리얼리즘의 영향을 받은 장편으로 이름을 알리지만 말년의 작품이라는 환상적인 단편들은 지금도 독자들을 강하게 끌어당기는 힘이 넘친다. 그리하여 생과 사를 초월해 사람과 사람을 잇는, 눈에 보이지 않는 끈에 대해서도 생각하게 한다.

이 책은 고상하고 아름다운 청년 기사가 성모 마리아의 자비로 교수대에서 해골이 된 시체의 도움을 받아 위험에서 빠져나오고 급기야는 자신을 죽이려 했던 남자의 처를 아내로 맞아들인다는 이야기다. 본디 불륜의 사랑이련만, 청년의 신중함과 신앙심에 감동해서 성모 마리아가 구원의 손길을 내미는 아이러니로 가득 찬 이야기다. 중세 유럽 각지에서 전해 내려오는 설화풍 이야기를 재구성한 저자의 우아한 이야기가 전체를 다잡고 있어 진한 향기를 풍기는 작품이 되었다. 여기서도 가짜 편지에 등장하는 기사가 말을 타고 쓸쓸한 밤길을 달리는 대목이 좋다. 가브리엘 가르시아 마르케스 같은 현대 라틴 아메리카 작가들의 환상적 구축이 이런 곳에서 이미 싹트고 있었다는 점도 놀랍다.

『기구氣球의 꿈—하늘의 유토피아』, 기타오 미치후유

활짝 갠 하늘에 비행선이 두둥실 떠 있다. 나는 무의식중에 아, 하고 일하던 손을 멈추고 깊은 숨을 들이마시고는 시야에서 사라질 때까지 멀거니 넋을 잃고 바라본다. 도중에 휙 방향이라도 바꾸거나 하면 막 박수를 치고 싶어질 정도다. 저 크기와 조용함이 이유 없이 마음을 편안하게 해주는 것이다.

저자는 방대한 자료를 활용해 주로 유럽 근대사에 나타난 기구의 역사를 더듬으면서 '아, 날고 싶다, 날아서 자유로워지고 싶다'라는 그리스 신화 이래 지속된 인간의 꿈에 기구를 연결시킨다. 처음에는 그저 공중에 부상하는 물체로, 그다음에는 구경거리로, 그리고 점점 군용 이외의 목적으로 기구는 차츰 실용화되지만 때로는 기구를 타다가 추락해 죽는 불행한 사람도(그중에는 여성도 포함되었다) 많았다.

1983년에 프랑스의 몽골피에 형제가 리옹 교외에서 시험한 최초의 기구는 중량 140킬로그램의 종이와 천을 겹쳐 붙인 자루로, 고도 1800미터에 도달한 후 약 10분간 부유했다. 하지만 기구를 띄우는 데는 막대한 자금이 필요했다. 그리고 머지않아 유인 비행이 가능해지자 장거리를 이동하고 장시간 하늘에 머물고자 하는 목숨을 건 경쟁이 시작된다. 화려한 모양을 한, 멀리서 보면 애처롭기까지 한 기구를 하늘로 띄우려는 꿈을 좇는 사람들도 끊이질 않았다. 파리에서 띄워져 부근 마을에 불시착한 기구가 아무것도 몰랐던 주민들에 의해 '살해당하는' 에피소드도 있다. 또한 기구는 화가나 시인, 소설가들을 매료시켰는데, 고야 이 루시엔테스나 프란체스코 과르디, 오노레 도미에, 르네 마그리트까지 각각의 시점에서 이를 묘사했고 아달베르트 슈티프터, 에드거 앨런 포, 마크 트웨인, 쥘 베른 역시 공상 가득한 작품을 낳았다.

'발명된 이래 줄곧 바람에 맡겨졌던' 기구가 19세기 중반이 지나 '비행선'이 되고, 이후 스피드라고 하는 새로운 가치로 하늘에서 비행기와 경쟁하게 되면서부터 비행선은 나이 든 경주마처럼 소중히 다뤄지며 평온한 여생을 보내게 된다.

흥미 있는 주제가 연달아 등장하면서 재미있는 읽을거리이긴 한데, 인용에 각주가 없는 것이 아쉽고 저자의 견해를 좀더 알고 싶다는 생각도 든다.

『어제의 깨달음—재난 연도의 기록』, 나카이 히사오

대체 나는 지난 오십 년간 무엇을 한 것일까. 대지진이 발생한 지 두 달 반, 택시를 타고 해질녘 산노미야三宮의 시청 앞에서 내려 주위를 둘러보고 있노라니 뜻밖의 혼잣말이 머릿속에서 삐걱거리는 소리를 내며 튀쳐나왔다. 전선이 여기저기 늘어져 있고 빌딩 숲이 맥없이 주저앉아 있는 듯한 풍경에, 오십 년 전의 불탄 흔적과 함께 고가 밑 암시장밖에 없었던 산노미야가 겹쳤다. 1995년 불에 타버린 함석판과 중국식 튀김만두의 색, 소리, 냄새가 입을 꼭 다물고 귀갓길을 서두르는 통근자들의 구두 소리 저편으로 희미해져가곤 했다.

내가 전쟁 후의 고베를 일으켜 세운 것도 아닌데, 그

러기는커녕 패전한 해의 가을, 도쿄에 있는 학교에 가기 위해 어릴 적부터 익숙하고 친숙했던 고베를 버렸으면서. 불과 찰나였지만 그날 저녁 나는 의욕을 상실하고 내내 서 있었다. 이렇게 될 거였으면…… 남의 눈을 피하다시피 하면서 방문한 고베의 길모퉁이에서 나를 덮친 그 허무감은 대체 뭐였을까.

전후의 나날, 독일어 이름을 내건 양과자점이 다시 문을 열었다고, 그리고 마찬가지로 뜻 모를 프랑스어 이름의 빵집이 새로 생겼다고 어머니 혹은 동생이 도쿄에 있는 내게 편지로 소식을 전해왔다. 여름 방학 때 고향으로 돌아가면 우리는 한큐 전차를 타고 조금씩 안정과 활기를 되찾아가고 있는 고베로 나갔다. 외국 선박이 전쟁 전처럼 입항하지 않더라도, 서양인의 수가 눈에 띄게 줄었다고 해도 고베는 고베였다. 그 고베가 내 눈앞에서 다시 한번 무너져버린 것이다. 1995년에 발생한 고베 대지진을 가리킨다.

감상적인 내 감회와는 거리가 먼 나카이 히사오의 『1995년 1월 · 고베』가 서점에 진열된 것은 그로부터 얼마 지나지 않아서다. 틀림없이 혼란과 다망多忙을 봉합하려 했던, 냉정하고 따뜻한 정신과 의사의 눈과 투철한 시인의 감성을 함께 지닌 저자가 담담하게 써내려간 재해의 기록을 읽은 지도 벌써 1년이 지났다. 그리고 지금, 『어제의 깨달음—재난 연도의 기록』을 손에 드니 감회가 새롭다.

마치 깊은 수중에 손을 집어넣고 휘젓는 것처럼 대지진 후의 거리에 관해, 사람과 함께 살아가는 것에 대해 이야기해나가는 저자의 언어는 통찰로 가득 차 있을 뿐만 아니라 책의 구성 또한 뛰어나다. 예를 들어 2월 7일, 대지진 후 처음으로 도쿄에 간 시점부터 글을 쓰기 시작한 저자는 수도에서 고베를 떠올리고 만약 지진이 도쿄에서 일어났더라면, 하고 상상한다. 그러자 그 생각의 뒤를 따르기라도 하듯이 건축사를 연구하는 젊은 여성이 도쿄에서 고베의 재해 현장을 찾아가 도시 계획이나 나무 심기, 전문직 봉사자 현황 등에 대해 살펴본다. 뒤이어 나카이는 2장을 이렇게 이어간다. "대지진 후 4개월이 지났다. 재해의 나날은 멀리 잿빛 저쪽 일 같기도 하고 어제 일 같기도 하다. 맑게 갠 하늘이 계속되던 당시와는 반대로 지금은 철판 지붕 위로 시끄럽게 내리는 비가 피해자이자 텐트 생활자들을 위협한다."

이런 식으로 여덟 명의 필(화)자가 나카이의 기록을 뒤따라 각각의 입장(건축사 연구자, 윤리학자, 정신과 의

사, 봉사자, 중국인 유학생, 미국인 인류학자, 고령자 케어 전문가, 건축가)에서 재해에 관한 견해를 서술한다. 아마도 이 책의 가장 큰 매력은 어느 누구 하나 큰소리치거나 의견을 강요하지 않고 조용히 자신이 생각한 바를 기록해둔 데 있지 않을까. 저자가 집필한 부분은 물론, 협력자들의 글 모두 비전문가인 내가 봐도 대체로 이해될 만큼 알기 쉽고 명료하게 쓰였다는 점 또한 감사하다.

불과 수십 초, 그것도 5센티미터 폭으로 대지가 흔들린 일로 우리는 세상에 둘도 없는 사람들을, 많은 것을 잃었다. 이 책은 저세상으로 가버린 사람들을 기억하고, 또 지금도 여러 형태의 후유증으로 고통스러워하고 있는 사람들과 그들을 위해 아무것도 할 수 없는 우리 앞날을 격려해준다. 책 말미에 실린 일정표 등도 귀중한 자료다.

『제라르 필리프 전기』, 제라르 보나르

작년 여름, 오랜만에 스탕달의 『파름 수도원』을 읽다가 돌연 제라르 필리프를 떠올렸다. 영화에서 그가 주인공을 연기했기 때문이다. 그리고 필리프의 부인이었던 안느의 조용하고 아름다운 마지막 작품 『오중주』를 읽었고, 올해 들어 열린 '제라르 필리프 영화제'를 떠올렸다. 이걸로 필리프 특집은 끝내자고 생각하며 맛있는 간식을 먹듯이 이 책을 읽었다.

1922년 칸의 유복한 가정에서 태어나 1950년대 영화나 연극을 통해 관객을 황홀케 하고 36세에 암으로 황망하게 세상을 떠난 배우의 생애. 저자 보나르는 전시부터 전후에 걸쳐 프랑스 내외의 정치 상황을 상세히 기록하고 제라르를 동시대 역사로 편입시킴으로써

이 책에 확실한 뼈대를 부여했다.

크고 작은 여러 만남을 통해 조금씩, 그러나 깊이 연기자로서 자각해가는 소년 제라르. 배우가 천직이 아닌 것 같아 불안해하는 필리프를 비롯한 연극 학교의 젊은이들에게 '걱정하지 마. 천직이라는 건 일을 배워가는 동안 조금씩 다가오는 거야. 일을 익혔을 때, 그걸 좋아하기 시작했을 때, 그거야말로 천직인 거지'라고 말해주는 대선배이자 뛰어난 명배우 루이 주베.

그중에서도 '국립 민중 극장'을 설계해서 서민들에게도 연극 무대를 개방하고자 했던 무대 감독 장 빌라르와의 만남과 우정은 제라르 필리프의 생애에서 가장 중요한 지점이다. 빌라르의 연출 아래 여름날 아비뇽의 오래된 교황청 성벽을 배경으로 '루이 블래스'를 연기하고, 또한 '로렌자치오' 무대에서 물 만난 고기처럼 종횡무진하는 제라르. 하지만 영화배우로서의 세계적인 성공이 연극배우로서의 대성공과 순서를 뒤바꿔 찾아온 것은 정말 불행한 일이었다. 보수가 적은 무대에서 제라르는 점점 멀어진다.

당시 유학생이었던 나와 친구는 샤요궁 객석에서 '로렌자치오'를 연기한 제라르에게 손이 아플 정도로 박수를 보내며, 마치 바스티유의 파리 시민처럼 모두

일어서서 '국립 민중 극장'의 탄생을 축복하는 상기된 젊은이들의 열기에 휩쓸렸다. 40년도 더 지난 일이다.

『토머스 쿡의 여행』, 혼조 노부히사

'토머스 쿡'이라는, 어딘가에 있을 법한 아저씨 같은 '여행 대리점'의 이름을 알게 된 때는 1955년으로, 파리에서 영국으로 가려던 내게 일본에 계신 아버지가 편지를 보내왔다. 티켓 구입은 '토머스 쿡'에 맡기거라. '여행 대리점'이라는 말조차 나에게는 생소하던 시절이었다.

오늘날 우리에게 친숙한 패키지 여행이나 '여행 대리점'을 고안해낸 것은 영국 작은 마을의 신앙심이 두터운 토머스 쿡이라는 청년이었다. 그가 처음 맡은 일은 자신이 멤버로 속해 있던 금주 동맹 회원 500명 정도를 열차를 타고 그리 멀지 않은 마을 대회에 데려갔다가 그날 돌아오는 것. 중간에 먹을 식사나 차를 준비하는 것까지 전부 쿡의 소관이었다. 아메리칸 익스프레스사, 일본교통공사와 함께 세계 3대 여행사로 불리는 토머스 쿡사는 1841년에 이렇게 탄생했다.

1808년에 태어난 쿡은 이걸로 장사를 하겠다고 마음먹는다. 노동자들에게 건전한 휴가를 선사하기 위해 그는 차츰 여행의 범위를 넓혀 마침내 유럽 대륙 여행까지 섭렵한다. 19세기는 만국박람회의 세기이기도 했다. 쿡사에 대한 신뢰는 점점 두터워져 그 성가신 빅토리아 여왕 시대의 영국 상류층 여성들까지 토머스 쿡 여행 대리점을 이용했는데, 그녀들은 이집트 여행에서 코르셋으로 꽉 조인 치렁치렁한 복장을 한 채 중산모자에 정장을 갖춰 입은 남자들을 뒤로하고 피라미드에 올랐다고 한다. 1890년대에는 여성을 상대로 한 대륙 사이클 투어가 인기를 끌기도 했다. 쿡 만세!

그중에서도 1869년 쿡이 기획한 팔레스타인 여행은 놀랍다. 62명의 손님용으로 말 65마리, 화물용 노새 87마리, 26개의 손님용 텐트 안에는 카펫과 침대를 마련하고, 아침 식사로는 토스트에 오믈렛, 치킨, 비프에 홍차까지 내놨다고 하니, 영국에서 지내는 것과 별반 다를 게 없도록 대접했던 듯하다.

『토머스 쿡의 여행』, 혼조 노부히사

여성 관광객 중 한 명이 쿡에 대해 '말수가 굉장히

적은 중년 남성으로' '혼잡한 역에서는 분간하기 어려웠다'고 써놓았는데, 이 책의 여러 에피소드 저 너머로 여행의 교육적 가치를 믿어 의심치 않았던 19세기의 위대한 기업가의 점잖은 모습이 보인다.

『제임스 조이스 전기』, 리처드 엘먼

『피네간의 경야』의 번역에 이어 『율리시스』의 재번역이 진행되는 등 이 나라에서 제임스 조이스(1882~1941)의 작품에 대한 관심이 다시 한번 높아지고 있는 듯한 요즘, 그의 전기가 번역된 것은 큰 의미가 있다. 난해한 텍스트에 쩔쩔매다가 용기를 잃고, 다시 힘을 내어 읽어보는 작업을 몇 년에 걸쳐 수없이 반복하고 있는 나 같은 독자는 뛰어난 전기를 통해 조이스의 인간상을 손에 넣은 듯한 느낌에 위로를 받을 것이다.

'새로운 문체, 새로운 소재, 새로운 종류의 줄거리와 등장인물을 현대문학이 수용할 것을 요구하고' '새로운 존재의 영역과 새로운 언어의 수용을 추구했던' 아일랜드인 조이스를, 시인과 작가의 전기에 관해 정평이 나 있는 저자 리처드 엘먼이 생생하게 그려냈다.

『젊은 예술가의 초상』과 『더블린 사람들』의 배경이 된 더블린에서의 소년이자 학생 시절, 생애 첫 직업을 가진 일과 아내 노라와의 만남, 그리고 스스로를 '추방자'로 여겨 국외로 탈출하는 일련의 사건들. 오스트리아 통치하의 트리에스테에서는 『율리시스』에 착수하며 '영어를 잊을 정도로' 이탈리아어가 늘지만, 제1차 세계대전의 여파로 부득이하게 취리히로 이주한다. 이윽고 친구들의 추천으로 파리에 초청되어 간신히 『율리시스』의 간행을 실현시킨다. 조이스의 재능을 최초로 발견한 사람 중 한 명인 에즈라 루미스 파운드와의 이기적인 연애, 프루스트와의 뒤죽박죽한 '대화' 등 과연 화려했던 1920년대 파리의 시대였다. 하지만 『피네간의 경야』를 간행하고 1년 뒤 제2차 세계대전이 격화됨에 따라 황급히 피란한 취리히에서 돌연 병을 얻어 사망한다. 저자는 끊이지 않는 금전상의 문제, 이사, 알코올 중독, 우정과 파국, 격통을 수반하는 안질 등의 이야기를, 조이스 작품 본래의 골격이라고도 할 수 있는 가족을 향한 (아일랜드식으로 변덕스럽고 깊기도 한) 애정을 중심으로 풀어놓는다.

이 책은 인생의 세세한 일들과 각각의 시간에 어울

리는 문체를 조화시킨 조이스에 대한 더할 나위 없는 입문서이자 필독서로, 한 천재적인 소설가의 전기로서도 깊은 정취를 맛볼 수 있다. 본문은 물론이고 재기 넘치는(그런데 역자는 우아하게도 일부러 이해 범위 내로 한정시켰다고 한다) 인용 부분의 번역, 빈틈없는 색인 등도 좋다.

『여름 소녀 · 들어라, 바다의 소리를』, 하야사카 아키라

영화 시나리오 두 편과 '소리로 듣는 전쟁 드라마'라는 설명이 붙은 「보가장—전함 야마토의 소녀」는 모두 태평양 전쟁으로 불합리한 죽음을 맞이한 사람들의 당혹감과 고뇌를 환상적으로 묶은 진혼가풍의 작품이다.

전몰 학도병의 유명한 수기를 토대로 한 이 작품은 필리핀 전선에서 상처받고 굶주린 채 '백인의 지배로부터 아시아를 해방시키는 전쟁' 따위가 아님을 깨달았음에도 죽음을 기다릴 수밖에 없었던 전투원들('군대는 만세 따위를 부르며 죽지 않는다. 엉겁결에 팔짝대며 죽습니다. 어이없이, 엉겁결에 팔짝대며……')이 주요 화자다. 그들이 보낸 가혹한 나날과 그들을 내보낸 가족의 모습, 병역을 거부해서 헌병에 쫓기는 전 대학생 등의 궁지에 몰린 생활이 중첩된다. 생전에 대학 럭비부에 속해 있었던 청년들의 이야기가 줄거리를 이끌어가는데, 서두와 결말에서 그들의 '잿빛' 그림자가 '초고층 빌딩 숲'이 늘어서 있는 현대 도쿄의 '아무도 없는' 경기장에서 공을 쫓아 질주하는 장면이 인상에 남는다.

「보가장」에서는 '절대 침몰하지 않는다'라고 선전하던 '전함 야마토'가 미군기의 폭격을 받고 맥없이 침몰했을 때 선내에 숨어 있던 오키나와 소녀가 엄마를 부르며 배와 함께 가라앉았다는 이야기가 살아남은 전 장교에 의해 알려진다. '야마토는 침몰하지 않는다'라고 배운 대로 굳게 믿고 있는 소녀에게 '가라앉지 않는 배는 배가 아니란다'라고 진실을 알려주며 소녀의 밀선을 묵인했던 장교가 그 나름대로의 진심으로 군부를 비판하고 있음을 넌지시 암시하는 설정이다. 비판의 강도가 약해서(그것이 현실 속 일본 '지식인'이 할 수 있는 저항의 한계였다고 하더라도) 불만이 남긴 하지만, '속았던' 오키나와 소녀를 개입시킴으로써 명쾌하고 깊은 상징성을 획득하고 있다. 그 밖에 히로시마 원폭의 악몽 속에서 살아가는 가족과 유령 소녀와의 교류를 그린 책 『여름 소녀』. 제목만으로도 그 비참했던 16세 여름의 모든 기억이 되살아난다.

침략 전쟁의 기억을 담담한 회한이나 다정한 진혼가 정도로 끝내서는 안 된다. 어떻게 하면 더 나아갈 수 있을까. 현재 우리 주변에, 그리고 내면에 그 당시와는 다른 식일지라도 여전히 살아 있는 전체주의나 배타주의와 매일매일 싸우고 있기는 한 건가. 이들 시나리오는 이러한 근본적인 질문들을 끄집어낸다.

『이집트로부터』, 장 그르니에

장 그르니에는 프랑스 사상가이자 작가로, 젊은 알베르 카뮈에게 영향을 미쳤다고 알려져 있다. 이 책은 장 그르니에의 이집트와 레바논에 관한 노트라고 할 수 있는 에세이집이다. 저자가 이 글들을(대부분 초고) 엮은 것은, 그가 알렉산드리아에 체류했던 1945년의 일이라고 하나, 이 책의 초판이 나온 건 1962년이다. 발표 시점부터 지금까지 34년이라는 시간이 지났음에도 단편적인 이 글들은 때로는 몽테뉴를 떠올리게 하면서 인간과 그것에 형태를 부여하는 사회나 인간성에 관해 자유롭게 사색하도록 한다.

어느 날 저자는 나일강 입구에서 가까운 아부키르 마을로 나간다. 모래 해변을 따라 차를 타고 달린 그는 어제 오후 같은 시간에 스페인 발렌시아부터 비네라의 해변까지 나간 사실을 떠올린다. 그리고 쓴다. "이를 떠올린 것은 내 모든 육체였음이 틀림없다."

또한 상점이 늘어선 지역에서는 그 마을에서 어떻게 시간을 보낼지 방법을 모르는 자기 자신을 발견하고 놀란다. "실제로는 자유로운 시간을 어떻게 써야 좋을지 몰랐던 것이다." 값을 깎으려는 흥정이 시작되면 우선 손님에게는 펄쩍 뛸 정도로 '뜨겁고 쓴' 커피가 대접되고, 상담이 아니라 '대화는 인사치레나 잡담으로 시작된다. 그렇지 않으면 천박하다고 여겨지는 것이다'.

이런 단편이 서로 연결되면서 사막 하늘을 덮은 별처럼 많은 시간이 흐른다. 독자는 벼랑 중간에 형성된 오아시스에서 죽은 아들을 안아 신에게 바치며 '지상에서의 영원한 생을 위해' 기도를 드리는 벽화의 왕에게, 아랍 시인의 말(너보다 앞서 살았던 사람들의 뼈로 이뤄진 이 대지 위를 조용히 지나가라. 네가 자각하지 못한 채 무엇의 위를 걷고 있는지 알고 있는가)에, 저자가 레바논의 수도원에서 만난 어딘지 모르게 밝은 분위기의 장례 행렬에 매료된다.

그러나 그르니에는 피상적인 '관광객'의 눈을 한사코 거부한다. '서로 멀리 떨어져 있는 세기의 동지'로서 서양과 비서양 세계, 특히 마지막 장에서는 오리엔트를 예로 들며 '문명이라는 것은 동시에 개화하지 않는 법이다'라고 지적한 것은 오늘날 우리에게도 암시하는 바가 많다.

『작가살이』, 애니 딜러드

이 책은 몇 년 전 일본어 번역본으로 나온 『아메리칸 차일드후드』 작가의 작품으로 제목 그대로 저자의 소녀 시절이 성실히 전달되는 전작에 비해 100페이지 남짓의 짧은 에세이다. 원제는 '글 쓰는 삶The Writing Life'인데, 아이러니라고 해야 할까, 당연하다고 해야 할까, '쓰고 있지 않은' 혹은 '쓸 수 없게 된' 시간의 이야기를 담고 있다. 예를 들어, 물에 빠지면 10분 만에 죽어버리는 북해에서 루미 인디언 48명이 카누 두 척을 나누어 타고 상체를 내놓은 채 노래를 부르며 노를 저어 나아가는 것을 가만히 바라보는 이야기, 해변의 작은 집에서 한 문장과 씨름하고 있노라니 풍뎅이 여섯 마리가 작은 소리를 내며 창문에 몇 번이고 부딪혔다는 이야기 등이 재미있다. 그리고 '글을 쓴다'는 것의 은유인 듯하지만 알고 보면 아무것도 아닌 이야기, 때로는 비범한 사람들의 이야기가 짧은 서정시처럼 포함되어 있다. 전작에서도 그랬지만, 저자의 타고난 재능 덕분에 깜짝 놀랄 정도로 서술이 날카롭고 기억 속에 깊이 새겨진다. 이와 더불어 미숙한 대학원생(아니면 교수?)이 가질 법한 지식에 대한 자신감의 과잉이 거슬리는 문장이 어깨를 나란히 한다. 그런 조합이 이 저자가 가진 신기한, 그래서 오히려 매력적인 특징일지도 모른다.

이 책의 '해설'을 쓴 다다치 마코가 인용한 다음의 짧은 에피소드는 아마도 많은 독자의 가슴속에 남을 듯하다.

어느 날, 글이 잘 써지지 않았던 저자는 기분 전환 삼아 팝콘을 튀기고 있었는데 그 냄새에 끌린 이웃집 꼬마가 그녀의 집으로 들어온다. 마루에 놓아둔 큰 대접에 가득 담겨 있는 팝콘(정말 미국적인 이 디테일이 나를 들뜨게 한다)을 사이에 두고 대화가 무르익자 그녀가 쓴 책의 애독자라고 주장하는 초등학교 1학년 꼬마가 이렇게 말한다. 이 부분은 너무나 훌륭하므로 그대로 인용해보겠다. "브라이언은 ('존경 어린 시선으로'라는 수

식어를 굳이 덧붙이고 있지만) 분명히 이렇게 말했다. '당신이 그 이야기를 썼어요?' 내가 대답하려던 찰나 그가 말을 이어갔다. '아니면 타이핑만 한 것뿐이에요?'"

이를 놓치지 않고 적어둔 것은 딜러드의 예민한 감성을 잘 보여준다. 꼬마 브라이언의 말은 독자가 책장을 덮은 후에도 그 주위를 둥실둥실 떠다닌다.

『모래처럼 잠들다— 예전에 '전후'라고 하는 시대가 있었다』, 세키가와 나쓰오

이 책은 약간 특이한 스타일로 쓰였다. 저자는 '소설'과 '평론'을 번갈아 열거해 '전후戰後'에 대해 쓰려 했다고 밝힌다. 평론만 늘어놓으면 읽기에 부담스러워하는 사람들을 위한 서비스인 걸까. 아니면 주장이 강한 편인 세키가와가 소설만으로는 불안했던 걸까. 그 둘 다인 것 같기도 하고 둘 다 아닌 것 같기도 하다. 아마도 세키가와에게 픽션 혹은 논픽션 어느 한 가지만으로는 충분치 않았을 것이다. 그 틈을 메우기 위해 두 가지 서술 방식을 번갈아 써본 것이 아닐까. (높이 평가받는 추리/역사 소설 『장미의 이름』의 저자이자 이탈리아의 저명한 철학자인 움베르토 에코가 책을 쓴 이유에 대해서 이와 비슷한 이야기를 한 적이 있다. "지금까지 나는 철학서만을 써왔지만, 아무리 해도 철학만으로는 다 다룰 수 없는 것이 남았다. 그래서 머릿속에 있는 생각의 '자투리 단편'을 모아 이 소설을 썼다"라고.)

세키가와가 소설이라고 한 부분은 눈이 많은 북쪽 지방에서 자란 그의 자전적 이야기를 사실 그대로 옮긴 것이다. 패전 4년 후인 1949년에 니가타현에서 태어나 얼마 후 도쿄에서 대학생활을 한 저자 자신의 경험이 바탕이 됐다. 예를 들어 1장에서 어느 밤, 예전 '전우'가 아직 퇴근하지 않은 아버지를 찾아온 이야기가 나온다. 저자는 '전우'와 같이 실체가 모호한 단어가 여전히 아이의 생활 속에 출몰하곤 하던 시대를 그리고 싶었던 것이리라.

그 남자아이가 여덟 살에 맞이한 크리스마스이브. 어머니와 함께 어쩐지 불안감을 느끼며 아버지의 퇴근을 기다리고 있던 차에 인기척이 나서 현관으로 나가 보니 모르는 사람이 서 있었다. '발바닥을 타고 올라오는 마룻바닥의 뼈저린 한기를 참기 어려워' '동동걸음을' 칠 정도로 추웠다고 세키가와는 그 시절의 일을 썼다. 정말 그랬다. 일정한 연령 이상의 독자라면 등에 들러붙는 듯한 현관의 그 한기를 몸소 느껴본 적이 있을 테고 난방이라는 말이 사실상 별 의미를 갖지 못했던 당시 일본 집의 추위를 떠올릴 것이다. 어머니와도 면식이 없는 그 밤의 방문객은 무언가 허전했는지 역에서 사온 빨강 양말 모양의 캔디 주머니를 크리스마스 선물이라며 꺼내놓는다. 그리고 곧, 그럼 다시 오겠습니다 하고 인사를 하고 돌아서는 손님의 뒤를 어머니는 아들을 데리고 급히 따른다. 적어도 다음 기차가 올 때까지만 같이 기다려보시죠 하고 말하면서.

이런 정황을 통해 독자는 아버지와 어머니 사이에 어딘가 의사소통이 제대로 되고 있지 않다는 점을 눈치챈다. 아니, 그 시절의 부부는 거의 그러했는지도 모른다. 집에는 돌아오지 않은 채 역 앞 술집에 있을 것 같은 아버지. 자신이 직접 가지 않고 아들을 그 가게로 뛰어가게 하는 어머니. 손님 대접이 능숙한 것도 아니지만, 그대로 돌려보내면 나중에 남편이 뭐라고 할지 몰라 아들을 데리고 손님을 배웅하러 역까지 나가는 어머니. 어두운 전등불처럼, 어딘가 적적함이 늘 따라다니는 일본 집의 분위기가 잘 드러난다. 그럼, 다시 오겠습니다, 만날 운이 없었네요. 그렇게 말하고 떠난 손님. 아버지는 한발 앞서 집에 돌아와 있다. 크리스마스 케이크를 들고. 그가 집을 돌보지 않는 것은 아니다. 애정 표현이 서투를 뿐이다. 어머니가 부재중에 찾아온 전우에 대해 말하니 아버지는 마치 그 사람과 말을 맞춘 듯이 말했다. 만날 운이 없었네.

2장에서 '역사'로서 서술되는 것은 무차쿠 세이쿄의 『메아리 학교』 이야기다. 무차쿠가 '지도 한 장 없고, 과학 실습 기구도 하나' 없는 야마가타현 야마모토 마을에 위치한 '새로 지은 어두운 색의 학교 건물'의 중학교에 부임한 때는 정확히 저자 세키가와가 니가타 현에서 태어난 해였다. 『메아리 학교』가 출간된 것은 그의 나이 두 살 때의 일이다. 그리하여 세키가와는 선언한다. '전후라는 시대가 시작된' 장소로서 『메아리 학교』에 등장하는 시골 학교의 학생들이 살았던 풍경은 '틀림없이 우리의 원풍경이다'라고.

그러나 독자는 읽을수록 필자가 '픽션'이라 칭하는 부분에서 자전적 성격이 조금씩 옅어지고 그 대신 비평의 시선이 점점 강한 빛을 낸다는 점을 눈치챈다. 일본인이 세단뛰기에 능한 것은 화장실에서 쪼그리고 앉기 때문이라고 믿고, 어떤 음악이 좋냐는 질문에는 '클래식이지, 모차르트든 뭐든 좋아'라고 답하는 나이브하지만 근면한 고등학생들이 그려지는데, 그 에피소드에는 이시자카 요지로의 『양지바른 언덕』의 세계가 다소 야유하듯 대치되어 있다. 선배의 여동생이 연루된

일로 상대에게 맞을 뻔하자, 두드러기로 자빠져버리는 '나'의 씁쓸한 이야기 뒤에는 저자 오다 마코토의 입을 통해 『뭐든 봐주지』의 굴절된 미국관이 다뤄진다. 1960년대 말에 벌어진 데모나 정치 집회로 황폐해진 대학생들의 생활이('나는 대학의 구내 카페테리아에 있었다. 곁눈질로 책을 읽으면서 다누키 우동을 먹고 있었다. (…) 프랑스어를 하는 무리는 르 클레지오나 알랭 로브그리예, 혹은 뒤라스를 읽고 있었다. 그 당시에는 누구도 소설 따위를 알고 싶어하지 않았음에 틀림없다') '다나카 가쿠에이일본의 전 수상가 있는 풍경'이라는 마지막 장에서 매듭지어질 때까지.

이런 서술 방법을 통해 저자는 능숙하게 전후 시대를 하나의 사회사로 엮는다. 사회사라고 하면 글을 읽지 않았을 사람들에게 저자가 말을 걸고 싶었던 것일까(세키가와에게는 수줍은 계몽가 같은 면이 있다). 그렇다 치더라도 책을 읽고 난 후의 감동은 깊게 남는다. 일본이라는 나라는 뭔가 말할 수 없는 정신적 공백 속에 살아온 것일 테지, 하고 이 책을 다 읽고 난 사람들은 놀랄지도 모르겠다. 저자는 이렇게도 쓰고 있다. '하지만 나 자신은 그 시대의 공기를 호흡하며 살아왔다.' 그렇기에 세키가와는 굳이 고고한 척하지 않고, '많은 일본인이 공유하는 평범한 체험이자 체감'을 '그 평범한 눈높이와 시야에서 시대를 다시 보는' 일을 꾀하고 있는 것이다.

저자가 이 책을 완성하고 2년이 지난 1995년, 한신 지방을 강습한 대지진이 그에 뒤따르는 어둠의 시대의 불길한 전조가 된 듯, 일본인은 자신들의 나라가 전 세계에서 부인할 수 없는 정신적 후진국이라는 점을 진지하게 생각하지 않을 수 없었다. 대체 무엇을 잊고 온 것일까, 무엇을 소홀히 해온 것일까라고 우리는 괴로운 자문을 반복하고 있다. 하지만 아마도 쉽게 답을 찾지 못할 것이다. 굳이 말하자면, 이 나라에서는 재빨리 대답을 찾는 것이 경쟁에서 이기는 것이라는, 그런 가치 없는 일에만 힘을 쏟아왔기 때문에.

사람이 살아가는 것은 답을 찾기 위해서도 아니고 누군가와, 혹은 무언가와 경쟁하기 위해서도 아니다. 우리는 각자 믿는 방향을 향해 달려가면서 오로지 자신에게 충실한 그런 일들을 근본적으로 잊은 게 아닐까. 이 책을 쓴 세키가와가 그렇게 말하는 것처럼 느껴진다.

『프라토의 중세 상인』, 이리스 오리고

때는 14세기 중반, 장소는 당시 유럽 유수의 도시 아비뇽. 론강의 흐름을 따라, 혹은 알프스나 피레네산맥의 고개를 넘어, 그리고 프로방스나 서프랑스의 여러 항구를 거쳐 '전 세계'에서 상품이 모여든다. 영국과 플랑드르에서 양모와 모직물, 롬바르디아에서 밀가루, 보리, 리넨, 무기, 동지중해 국가들에서 향신료, 염료, 비단, 스페인에서 양모, 올리브유, 가죽, 열매. 그리고 이것을 매입하려는 토스카나의 상인들이 빈틈없이 거리를 오간다. 그중 이 책의 주인공 프란체스코 디 마르코 다티니가 있다. 고아나 다름없는 그는 열다섯 번째 생일을 기다리다 못해 피렌체와 가까운 마을인 프라토에서 홀로 떠나온 것이다.

상인의 꿈을 이루고 대성한 다티니는 50세 가까이 나이가 들자 젊은 아내가 기다리는 이탈리아로 돌아간다. 하지만 일밖에 모르는 그는 거의 집을 비운다. 어느 날 아내에게 편지를 쓴다. 편지에 이르기를, 이번에 초대하는 손님은 중요한 사람이므로 융숭한 대접을 베풀 것. 지금은 선선하니 젤리를 부엌에서 옮겨도 도중에 녹는 일은 없겠지. 와인에는 특히 신경 써주길. 세무 일과 관련된 피렌체의 요인要人을 만날 거야. 그러니 최고급 옷감으로 만든 망토를 준비해줘. 너는 너무 성가시게 구는 게 결점이야. 하지만 그의 아내도 지고만 있지는 않는다. 나는 집안일에 무관심한 당신에게 넌덜머리가 나요. 그리고 신앙심이 깊은 친구가 그에게 편지를 쓴다. 그런 생활을 하다가는 신에게 버림받을걸. 책을 좀더 읽는 게 어때.

19세기에 우연히 발견된 14만 통에 다다르는 서간과 방대한 양의 장부, 각서 등을 통해 단테나 보카치오와 거의 동시대인이라고 해도 좋을 만한 무명의 이탈리아 상인의 일상이 떠올랐다.

이리스 오리고는 미국인 아버지가 돌아가신 후 영국인 어머니와 토스카나에 살면서 이탈리아인 남편과 결혼하여 한평생을 그 지방에서 보냈다.

『프라토의 중세 상인』은 1957년에 매끄러운 영어로 번역 및 출판된 이후, 이탈리아어를 시작으로 여러 언어로 번역된 스테디셀러다. 일본어로도 번역되어 있는데 한국어로도 번역되어 있다 본문을 토막토막 끊는 역주가 때때로 집중을 방해한다는 게 유감이다.

『뼈』,
페멘웅

'뼈'라는 왠지 불길한 제목에도 불구하고, 샌프란시스코 차이나타운의 어딘가로 제각기 흩어진 가족을 그린 이 소설은 시종일관 따뜻하게 독자를 감싸 안는다. 저자는 1956년생 중국계 신진 여성 작가다.

화자는 어린 세 자녀 중 장녀 레이나다. 그녀가 오랫동안 함께 살았던 남자친구 메이슨과 마침내 뉴욕에서 간소한 결혼식을 올리고 샌프란시스코로 돌아온 시점부터 이야기는 시작된다. 사정상 레이나의 어머니와 떨어져 살고 있는, 그녀에게는 친구 같은 의붓아버지인 레온에게 한시라도 빨리 기쁜 소식을 전하고 싶었다. 레온의 거처를 찾아 초라한 변두리의 원룸 맨션에서 커피숍으로 뛰어가는 들뜬 레이나의 가슴 설레는 모습에 그만 빨려 들어가버리는 첫 장이 기막히게 좋다.

그렇지만 레이나에게는 차마 말로 담을 수 없는 슬픔과 고난이 있었다(그녀의 변덕스럽고 비관적인 어머니는 홍콩에서 미국으로 이주해 레이나를 낳은 후 첫 남편에게 버림받았다. 머지않아 재혼한 상대 레온은 뱃사람이었는데, 굉장히 자상하지만 금전적으로는 전혀 의지할 수 없었다. 실패로 끝난 몇 번의 장사 그리고 차이나타운을 경멸해 서둘러 집을 떠나 뉴욕에서 직장을 찾으려는 막내딸 니나까지). 가장 큰 비극은 '누구한테도 말하지 않고' 갑자기 자살해버린 어른스러운 둘째 딸 오나. 시간을 다소 불규칙하게 오가며 장녀 레이나의 기억은 속도감 있는 투명한 문체로 더듬어진다.

근처 빌딩의 13층에서 떨어져 죽은 오나. 레온이 가장 사랑했던 오나. 이유가 거의 설명되지 않은 그 죽음이(어떤 자살에 충분한 설명이 가능하겠냐마는) 작품의 은밀하고 무게감 있는 중심이 된다.

유능하고 성실한 자동차 수리공 메이슨과 무책임한 뱃사람 레온. 이 두 남자가 작품을 꽉 잡아주고 있어서 소재의 어두움이 느껴지지 않는 매력적인 작품이다. 보편적인 인물 묘사가 새로운 차이나타운 문학에 깊은 맛을 더하고 있다.

『전쟁의 슬픔』, 바오닌

유치하고 뻔하다고 말하고 싶어지는 책 제목에 도리어 마음이 움직여서 읽어봐야겠다고 생각했다. 재미없으면 도중에 그만둬야지 정도의 감각으로 별로 기대하지 않고 페이지를 넘기기 시작했는데, 두 번 반복해 읽어버렸다. 거친 이야기 진행 방식에 불만스러운 부분이 눈에 띄긴 하지만, 보기 드문 매력을 지니고 있는, 읽는 보람이 있는 장편이다. 저자 바오닌은 1952년 하노이에서 태어났고, 오랫동안 전장에서 생활했다.

1965년, 17세의 끼엔은 고등학교를 졸업하고 바로 인민군에 입대한다. 미국이라는 터무니없는 대국과의 전쟁으로부터 고국과 동포를 지켜야 한다는 소박하고 단순한 의무감이 그를 지탱하고 있다. 이제 곧 졸업을 앞둔 봄밤, 호수 부근에서 서로의 장래를 맹세한 소꿉 친구 프엉은 곧 대학생이 될 것이다.

사이공이 함락되기까지 10년의('공백의') 세월을 전장에서 보낸 끼엔은 하노이로 돌아온다. 프엉과의 재회, 이별, 그리고 긴긴 방랑의 나날. 결국 문필가가 된 끼엔은 '기억에 확실한 윤곽을 부여해' '자신과 타자로부터 어떤 의미를 발견해내기' 위해 자신들의 청춘을 모두 태워버린 전쟁에 관해 쓰기로 한다. 인기 없는 화가였던 아버지의 화실에 틀어박힌 채 끼엔은 고독한 밤의 거미처럼 끊임없이 기억의 실을 뽑아낸다. '어떤 의미'에 정말로 다다를 수 있는 것일까. 『전쟁의 슬픔』은 정련精錬 공정 어딘가에 문제가 있는 금속처럼 보인다. 아마도 구성의 문제이리라. 소설로서는 썩 잘됐다고 할 수 없을지도 모르겠다. 하지만 이 정도로 독자를 쥐고 흔드는 작품은 근래에 드물 것이다. 끼엔이 부하들과 마음을 모아 싸운 전쟁이, 마치 아무것도 아닌 유희처럼 그들에게 덮치는 죽음이, 끼엔과 아름다운 프엉과의 정신적 실타래와 애정이, 그리고 겁탈당해 죽어가거나 내내 절망 속에서 살아가는 소녀들이, 지금까지 나온 적 없는 깊이 있는 전쟁 소설로서 독자를 당혹시키고 매료시킨다. 현재의 시점에서 전쟁의 기억을 더듬는 주인공/작가라는 설정이 현대적으로 중층화된 구조를 가진 작품을 가능하게 했다는 점 또한 잊어서는 안 될 것이다.

모든 것은 옛날 옛적 이야기

아오야기 유미코

일본의 인기 드라마 작가. NHK「마음」외 다수 작품 집필

대학 시절의 은사였던 스가 선생님이 돌아가신 지도 벌써 1년이 지났다. 바로 최근에 일어난 일 같기도 하고 몇 년 전의 일인 것 같기도 하고, 어쩌면 사실 이 순간에도 어디선가 건강하게 살아계신 건 아닐까 하는 생각까지 해본다.

'맨날 선생님 생각만 하니까 그런 거 아니야?' 동창생이 이렇게 놀리기도 하는데, 그런 건 아니다. 단지 선생님은 언제나 그곳에 계셨으니까.

내가 다녔던 대학의 교수들은 실로 특이한 사람들이었다. 자못 진지한 듯이 미국문학을 강의하는 한편 밤마다 재즈 바에서 피아노를 치는 데 심취했던 학과장, 비꼬는 듯한 강의가 쿨했던 일본 고전 교수는 항상

여자 문제로 시끄러웠고, 연극사를 담당하는 노교수는 강의 때마다 완전히 다른 인격이 되어 목소리까지 바꿔가며 교단에 섰다. 이혼하고 데려온 아들을 수업 시간 90분 내내 줄곧 복도에서 기다리게 했던, 옆에서 보기에도 안쓰러울 정도의 맹목적인 사랑으로 그를 질식시키던 교수는 영국문학의 권위자였다.

이들은 일본어를 잊어버릴 정도로 해외생활을 오래 했거나, 일본이 좋아서 몇십 년이고 살고 있는 외국인이었으니 다른 이들과 달라 보였던 것은 당연한 일인지도 모르겠다. 그중에서 내게 유일하게 제대로 된 선생님으로서 존재했던 이가 스가 선생님이었다.

선생님은 교단 위에서도, 연구실에서도, 고혼기에 있던 자택에서도, 언제나 변하지 않는 모습으로 문학이나 종교, 이탈리아와 가족, 연애와 인생에 대해 이야기했다. 학생들에게 거만하게 굴지 않았고 또 선생이라는 위치를 짐짓 과시하는 법이 없었다. 한 사람의 인간 그리고 여성으로서 고통을 안고 다소 지친 채 걸어온 과거에 대한 후회와 그리움, 미래를 향한 불안과 희망을 가지고 있었고, 그것을 굳이 숨기려 하지도 않았다.

선생님의 이야기를 듣고 있노라면 매번 시간 감각을 잃어버렸다. 그것이 내가 태어나기 한참 전인 전전

戰前 시절의 일이라고 할지라도 바로 최근에 일어난 일인 듯한 착각에 빠져 '어? 그게 언제 일어난 이야기예요?'라고 몇 번이고 묻는 나에게 '언제라도 상관없단다'라고 웃으며 말씀하셨다.

돌이켜보면 우리 두 사람은 난롯불 앞에서 이야기를 한 듯한데, 실은 방과 후 교실이었거나, 먼지가 춤추는 책이 가득한 연구실이었거나, 대학 근처 초밥집 혹은 선생님 댁 맨션의 크고 흰 나무 테이블을 사이에 두고서였다는 것이 신기하다. 직선적 시간이나 장소조차 잊어버리는 것은 선생님의 이야기 방식이 디테일로 가득 찬 완전히 다른 세계를 만들어내기 때문일지도 모른다. 그리고 그 디테일로 인해, 살아온 시대나 보아온 풍경, 더 나아가 교양의 수준이 확연히 다른 나조차 뒤처지지 않고 선생님의 세계에 들어갈 수 있었다고 생각한다.

디테일에 관해서는 이 책의 「작품 속의 '모노가타리'와 소설—다니자키 준이치로의 『세설』」에서도 다뤄지고 있다. 그것은 '드라마적 성격이 약한 일상에서 일어나는 소소한 사건이나 인물을 둘러싼 상황'이기도 하고, '평범한 부침을 주제로 한 평탄하다고 해야 적당할 모노가타리적 작법'을 필요로 하는 것이기도 하다.

이와 대조적인 것으로 '불가역적인 시간 위에서 설정돼 부침이 잦은 드라마적 성격을 핵심으로 한 구성'을 들어 '소설적인 작법'이라 할 수 있다.

이 『세설』론에서 디테일은 '고상'이라는 말로 치환돼 있는데, 가령 먼 옛날의 이탈리아 이야기일지라도 굉장히 가깝게 느껴진다거나, 만난 적도 없는 프랑스의 수녀 이야기일지라도 현재 주변의 누군가와 겹쳐서 읽게 되는 것은 선생님의 문장이, 그리고 이야기 방식이 바로 '고상한 세계'에서 마음껏 전개되고 있기 때문이다. 선생님은 어쩌면 '모노가타리'파인지도 모르겠다.

선생님은 진로 상담을 할 때 텔레비전 드라마의 각본가가 되겠다고 우기던 내게 '그렇게 뭔가 쓰고 싶다면 좀더 시간을 들이렴. 적지만 월급도 어떻게 줄 테니까 내 곁에서 공부해봐'라고 결사반대하셨다.

그때도 지적받았지만, 당시 나는 텔레비전 드라마를 제대로 본 적이 없었다. 그런데도 그렇게까지 말씀해주신 선생님의 충고를 무시한 이유는, 내가 논문을 아무리 열심히 써도 그저 적당히 한 다른 학생들이 쓴 것에 비해 훨씬 박한 점수를 주고 'Your reading is too shallow. You could do much better(너의 읽기 방식이 너무 얕구나. 좀더 잘할 수 있는데 말이야)'라는 코멘트를 내리 달면서도, 연구실에 자주 들러서 나도 안면이 있는 편집자에게는 "그 애는 조만간 책을 쓸 거니까 잘 부탁해요"라고 했다는 이야기를 들어서다. 당시 나는 "나를 조금도 인정해주지 않으면서"라며 분노했고, 이해하지도 못했다. 그런 선생님의 주문으로부터 벗어나고 싶었기 때문이다.

"선생님은 아오야기 씨 걱정을 굉장히 많이 하고 계셨어요. 사실 그 애는 그런 세계에 맞지 않는다고 말이에요." 졸업하고 몇 년이 지나 선생님의 장례식에서 만난 그 편집자가 해준 말에 웃을 수밖에 없었다. 또 들켰다. 선생님 말대로, 이미 나는 텔레비전 드라마 세계에서 코너에 몰려 있었으니까.

한 시간짜리 드라마를 12회, 3개월간 이어가기 위해 텔레비전 드라마는 의외성이나 신선함이라는 명목 아래 '어머~!'라고 할 만한 전개를 몇십 번이고 준비해야 한다. 이를 위해 나는 드라마 속에서 사람을 몇 명이나 죽였을까. 처음에는 거기에 저항감이 있었지만 8년이 지난 지금은 '자, 이 사람이 죽으면 어떨까?'라는 말을 스스럼없이 입 밖에 내게 돼버렸다.

선생님은 언제나 내게 인생에 대해서, 쓰고 있는 글

속에서도 'Find your voice(너의 목소리를 찾거라)'라고 했지만 나는 목소리는커녕 지금 내 손가락 끝조차 찾을 수 없다. 나는 선생님이 말하는 '불가역적'인 세계에 푹 절어버린 걸까.

무엇을 묻더라도 이젠 대답해주시지 않으니, 대신 선생님이 살아계신 동안에는 한 번도 읽으려 하지 않았던 책을 펼친다. 선생님은 자신의 책 속에서도 역시 제대로 된 한결같은 선생님이어서, 나는 침대에서 책을 읽으며 안심하고 잠이 든다. 어릴 적에 난로의 온기를 느끼며 침대맡에서 몇 번이고 반복해서 들었던 이야기처럼.

"말한 것은 1초 후에는 전부 모노가타리가 된단다"라고 선생님은 말씀하시곤 했다.

역시 선생님은 어딘가에 살아계시다. 이미 어른이 된 나에게 유일하게 모노가타리 이야기를 끊임없이 해주는 사람으로, 기억 속에서, 그리고 이 책 속에서도.

2003년 3월

문고판 해설

깊고 넓은 독서

마쓰나가 미호

일본의 독일문학가, 번역가, 와세다대 교수

스가 아쓰코가 젊은 시절의 추억과 가족의 이야기 등을 엮은 『베네치아의 숙소』 중 「기숙 학교」에 인상적인 에피소드가 있다.

당시 생활하고 있던 기숙 학교의 독일인 원장 마이야 댁에 외출 허가를 받으러 가는 장면이다.

> "어디 가니"라고 마이야 씨는 뜨개질에서 눈을 떼고 나를 가만히 쳐다보며 물었다. 순간 나는 뜬금없는 말을 지껄이고 말았다.
>
> "어떻게 하면 이 책이 깊은지, 깊지 않은지 알 수 있게 되나요?"
>
> 호호호, 하고 그녀가 웃었다. 그리고 뜨개질을 멈

추고 내 한쪽 손을 솜처럼 폭신하고 보드라운 자신의 양손에 가져다 끼우고는 말했다.

"좋은 음악을 듣거나 책을 많이 읽거나 좋은 그림을 보거나. 그러는 사이에 점점."

외출 허가를 받을 작정이었는데 '깊은' 책에 대한 질문이 되어버렸다. 소녀 시절의 스가 아쓰코가 고민스러워한 '깊은' 것의 어려움에 대해, 그녀는 만년에 엮은 에세이 『파치니의 아틀리에』(발표 당시 제목은 『깊이에 대해서』)에서 이렇게 쓰고 있다.

이 책은 깊지만 저 책은 깊지 않아요. 얕습니다. 나의 소녀 시절 전부를 보낸 학교의 서양인 수녀들은 그렇게 말했다. 깊다는 칭찬하는 말이고 얕다는 수준 미달이라는 말이었다. 깊은 생각을 품은 사람이 되세요. 무슨 일이 있을 때마다 그녀들은 그렇게 되풀이했다.

무엇이 어떤 식으로 훌륭할 때 '깊은'이라는 수식이 어울리게 되는 걸까 하는 생각에 잠겼던 소녀의 입에서 무의식중에 아까와 같은 질문이 나왔음을 알 수 있다. 그리고 그녀는 졸업 후에도 계속 그 비판의 기준에 대해 이리저리 생각하게 된다.

기숙 학교 원장이 '책을 많이 읽으라'고 말하지 않았더라도, 스가 아쓰코는 어릴 적부터 책이 좋아 어쩔 줄 모르는 소녀였다. 전집 제4권의 월보에 집 지붕 위에서 『어린이의 나라』를 품에 안고 있는 네 살 무렵의 스가 아쓰코의 사진이 실려 있다. 동생의 회고에 따르면, 그녀는 어릴 때부터 침대에서 자기 전까지 책을 읽고 있었다고 한다. 전쟁 중 근로 봉사 휴식 시간에 일제히 라디오 체조를 하는 것이 싫어 휴대품 보관소에 숨어 책을 읽던 에피소드에는 저절로 미소가 지어진다. 여대 졸업이 임박했을 무렵에는 '집으로 돌아가기보다 평생 책에 매달려도 좋다는 그런 허가를 누군가 내려줬으면 하고 그것만 빌었다'(「시계양의 승천」). 그 후 대학원 진학, 그리고 프랑스 유학. 귀국 후 두 번째로 떠난 유럽. 만학을 계속한 스가 아쓰코는 분명 많은 책과 사람을 만났을 것이다. 그리고 마침내 이탈리아에서 '서점 안주인'이 됐다.

첫째, 서점의 안주인이 되면 집안 곳곳에 책이 넘쳐나니 눈앞에 놓여 있을 때 읽지 않으면 언제 다

시 만나게 될지 몰라요. (1962년 10월 14일, 친구에게 보낸 편지)

전집 제8권에 실린 이 시기의 편지에서 가족이나 친구들에게 이탈리아로 문예 잡지나 책을 보내주면 좋겠다고 요청하는 부분이 눈에 띈다. 『문학계』 『아스나로 서점판 TV 헌법』 『치쿠마쇼보에서 출간한 현대 가요곡 전집: 구마노 편』(대형판 시트 3매, 780엔) 『정원 구경』 『규슈 길의 매력』 『The Art and Technique of Sumie』. 그중 일본에 관한 책이 많은 것은 이탈리아 친구들에게 일본의 좋은 점을 소개하기 위해서였을까. 편지에는 읽은 책에 대한 감상이나 작가에 관해 남편과 나눈 이야기도 언급된다.

남편과 사별한 뒤 일본으로 돌아와 50세의 나이에 대학 전임직을 얻었다. 그 후 그녀의 에세이가 주목을 받아 1990년대 스가 아쓰코의 서평은 단번에 꽃을 피우게 된다. 전국지에 서평을 싣고, 『도서신문』이나 『주간독서인』, 주간지나 월간지, 문예지, 문고 해설 등 한 달에 몇 권이나 되는 책을 비평의 도마 위에 올렸다. 이 책에는 그녀의 최고 전성기부터 말년에 이르기까지의 서평이 담겨 있다. 그녀의 서평은 어디에선가 만난 듯한 사람들에 관한 에세이의 분위기를 풍긴다. 그들과 어떻게 만났는지, 그들이 어떤 식으로 그 책을 받아들였는지 등등. 물론 이는 서평가라면 누구나 어느 정도 쓰는 기법이지만 그런 만남들이 그녀의 인생의 기억과 자연스레 연결되어, 한 권의 책을 소개하는 것만으로 끝나지 않는다.

이 책의 제목이 된 에세이에서는 고전 다시 읽기가 하나의 중요한 키워드다. 어릴 때부터 그야말로 몇 톤에 이르는 서적과 가까이해온 그 세월과 독서 체험을 거쳐 다시 한번 고전과 마주 보는 귀중한 순간이 거기에 있다.

> 좋은 책일수록 마치 독자와 함께 성장한 것이 아닐까 싶을 정도로 독자 수용도가 깊어지고, 넓어진 딱 그만큼 새로운 얼굴로 화답한다. 이는 독자의 인생 경험이 좀더 풍부해졌기 때문이기도 하고, 어학이나 수사, 문학사나 소설 작법 등 읽기 위한 기술을 더 많이 익혔기 때문이기도 하다. (「소금 1톤의 독서」)

고전이 '새로운 결을 열어'가는 모습은 『세설』의 해

석에서 여실히 드러난다. 로마 대학에서 강의를 하기 위해 『세설』을 다시 읽으면서 슈쿠가와 고향집의 어머니와 숙모가 오비를 대보던 장면이 스가 아쓰코의 뇌리를 스친다. 이는 『세설』의 무대가 된 선착장과 그리 멀지 않은 곳에서 보낸 그녀의 소녀 시절이 실시간으로 『세설』의 작품 세계와 연결되어 있음을 보여준다. '전쟁으로 혼기가 늦어진' 숙모 아쓰코와 작중 세쓰코가 어딘가 서로 포개지고 있다는 느낌도 든다. 저자 다니자키 준이치로가 휘황찬란한 세계를 담고, 두 가지의 문체를 구별해 사용하면서 마키오카 집안의 셋째 세쓰코를 그려낸 서술은 일본적 '모노가타리'의 문체로, 자유분방한 넷째 다에코의 운명은 서구적 '소설'의 플롯으로 이야기한다는 지적은 의표를 찌른다.

『세설』의 분석에는 사회적 제약 탓에 스스로 자신의 인생을 선택하는 것이 어려웠던 여성들의 모색模索과 슬픔에 대한 관심이 엿보인다. 히구치 이치요의 『십삼야』에 관한 글에도 여성들의 삶의 방식에 대한 깊은 동정심이 스며들어 있다.

여러 작품을 읽으면서 이치요가 여자라는 점을 알게 되었을 때 나는 침울해질 수밖에 없었다. 허울

> 좋은 여성 해방의 외침에도 불구하고 사회적으로, 개인적으로도 여성이 걷는 길은 막혀 있었다. (「이치요의 참을성」)

대학을 나와도 결혼하지 않으면 수도원에 들어갈 수밖에 없다고 생각할 정도로 전쟁 직후 여성들의 진로는 한정돼 있었다. 남녀평등을 구가하더라도 실제로 살아가기에는 앞길이 막막했던 것이다. 서평 구석구석에 그녀 자신이 살아온 그러한 시대가 회고되고 있다. 뜻대로 되지 않는 인생의 여로에 대한 실감이 행간에 짙게 떠돌고 있다.

> 젊은 시절 우리는 모든 것에 대해 자신의 선택이 인생의 갈림길을 결정해나간다고 믿었다. 플라톤을 읽기도 했고 소설을 쓰려고 하는 주세페에게도 분명히 그런 시절이 있었을 게다. 하지만 인간은 어느 정도의 나이가 되면 자신의 선택에 대해 타인에게, 그 자신에게조차 설명하지 않게 된다. 설명하기에는 인생이 너무나도 불합리하게 진행되고 있음을 진저리가 날 정도로 깨닫기 때문이다. (「소설 속의 가족」)

작품에 대한 평자의 감회를 덧붙이는 것만으로도 하나의 인생론이 만들어지는 듯하다. 스가 아쓰코가 인생에서 상실의 대가로 많은 것을 얻었을지 모르겠지만, 씩씩한 문장의 배후에는 잃어버린 것에 대한 애도와 슬픔이 고요히 깔려 있다.

'고전 다시 읽기' '여성의 삶의 방식' '가족'에 이어 이 책에서 다루고 있는 서적들을 관통하는 또 하나의 테마를 찾는다면 '여행'일 것이다. 서평의 대상이 된 책 제목만 나열해봐도 『이탈리아 여행』『뉴욕 산책』『토머스 쿡의 여행』『이집트로부터』다. 미국 동해안에 있는 섬의 유르스나르 집에 방문하고 쓴 에세이도 있다(「유르스나르의 작고 하얀 집」). 여행하는 네덜란드 작가 세스 노테봄의 『계속되는 이야기』를 다룬 것도 기쁘다(「북쪽의 깊이, 남쪽의 상냥함」). 이 밖에도 언급된 작가의 출신지나 체류지를 지도에 표시해보면 지구상 꽤 넓은 부분이 커버될 것이다. 요즘으로 치면 '엑소포니 작가'2003년 이와나미문고에서 출판된 다와다 요코의 에세이 『엑소포니』에서 등장한 말. 이 책의 2012년판 해설에 따르면, 엑소포니란 '독일어로 모국어 바깥으로 나온 상태 일반'을 말한다라고 불리는, 모국어 이외의 언어권에서 생활하고 집필하는 작가들의 작품을 다루고 있다(「매혹적인 '외국어' 문학」). 20세기는 교통망이나

운송 수단이 발달하면서 많은 사람의 이동이 가능해진 시대였다. 그중에는 비즈니스나 관광 여행, 유학 이외에도 이민을 목적으로 한 이동도 있고 전쟁이나 기아에 시달리는 난민, 혹은 망명자의 이동도 있다. 이동하는 자의 시선에 포착된, 꾸준히 변모하는 사회. 스가 아쓰코 역시 언어로 풀려나온 그러한 월경의 기억/기록에 큰 관심을 품고 있었음을 알 수 있다.

글 말미에 실린 각 서평의 초판 일을 응시해본다. 바오닌의 『전쟁의 슬픔』에 관한 글은 아사히 신문 1997년 7월 13일자에 실려 있는데, 이것이 스가 아쓰코가 쓴 마지막 서평이 아닐까 짐작된다. 그전에 페멘응의 『뼈』에 관해 쓴 서평은 1997년 6월 1일자다. 이 책의 뒤쪽에 수록된 두 편의 서평에는 '깊은 맛'이라는 단어처럼 '깊이'와 통하는 표현이 등장한다.

> 보편적인 인물 묘사가 새로운 차이나타운 문학에 깊은 맛을 더하고 있다. (「『뼈』, 페멘응」)

> 지금까지 나온 적 없는 깊이 있는 전쟁 소설로서 독자를 당혹시키고 매료시킨다. (「『전쟁의 슬픔』,

바오닌」)

"어떻게 하면 책이 깊은지 얕은지 알 수 있게 되나요"라고 진지하게 묻던 소녀의 모습이 재차 눈앞에 떠오른다. 그때부터 대략 반세기가 지나 스가 아쓰코는 소금 맛이 잘 배어든, 세월에도 녹슬지 않은 언어로 수많은 책을 논했다. '소금 1톤'의 독서의 괴로움과 즐거움을 경험한 그녀 앞에서 빛을 발한 한 권 한 권의 책이 새로운 생명을 획득해가는 듯하다.

2014년 8월

옮긴이의 말

'아름다운 문장가.' 스가 아쓰코(1929~1998)를 떠올리는 많은 일본의 문학가, 편집자, 평론가 등이 공통적으로 그녀를 기억하는 방법이다. 언어에 민감한 문필가들이 아름답다는 수식어를 부여하는 데 주저함이 없는 그녀의 글에 대한 호기심과 그 아름다움에 누를 끼치지 말아야 한다는 부담감을 안고 『소금 1톤의 독서』를 접했다. 작업을 진행할수록 스가 아쓰코 문장의 아름다움이라는 것이 단순한 서정성에서 비롯되는 것이 아니라는 점을 알게 됐다. 그녀는 세상과의 적당한 거리두기로 때로는 달관의 경지를 보이다가도 뜨겁고 날카롭게 세상 속으로 파고들었고, '인간이 혼자 서 있는, 다시없는' 고독의 시간과 마주하다가도 국적, 계급, 나이 불문의 타인과 꾸린 공동체 속에서 살아가기를 두려워하지 않았으며, 무엇보다 이런 이중성의 틈을 비집고 나오는 신선한 모티프를 작가 특유의 수사력으로 언어화시키는 데 조금도 주저하지 않았다. 그리하여 스가 아쓰코의 문장은 비로소 아름다워지는 것이었다.

이탈리아 문학가이자 번역가, 수필가로 활동한 스가 아쓰코는 일본에서 태어나 교육받고, 1953년 파리 유학을 떠났다가 1958년 다시 이탈리아에서 유학했다. 이후 서점 동료였던 이탈리아인 주세페와 결혼해 밀라노에 정착했지만 6년 만에 남편과 사별하고 1971년에 귀국했다. 50대에 대학에 적을 두게 된 스가 아쓰코는 그때부터 번역가로 이름을 떨치기 시작했다. 그리고 60대가 되고부터는 이탈리아에서의 생활을 토대로 글을 쓰기 시작하여 1991년에 『밀라노, 안개의 풍경』으로 여류문학상과 고단샤 에세이 상을 수상했다. 이후 1998년에 세상을 떠나기 전까지 『코르시아 서점의 친구들』 『베네치아의 종소리』 『토리에스테의 언덕길』(1995, 미스즈쇼보), 『유르스나르의 구두』(1996, 가와데쇼보신사), 『시의 단편들』(1998, 세도샤) 등의 수

필집을 쏟아냈다.

이번에 선보이는 『소금 1톤의 독서』(2003, 가와데쇼보신사)는 스가 아쓰코가 읽은 책들에 관한 기록이다. 일종의 서평 에세이인 셈인데, 글쓰기 방식이 독특하다. 책과 작가에 대한 정보, 대강의 줄거리, 그에 대한 감상이라는 서평적 요소에 스가 아쓰코 자신의 인생 경험과 철학이라는 에세이적 요소가 중첩돼 절묘한 합을 만들어내고 있다. 이 책 말미에 실린 두 해설에서 공통적으로 지적된 '모노가타리'적 특징이라 할 수 있겠다. 작품 속의 특정 장면과 스가 아쓰코가 실제 삶에서 직접 마주한 풍경이 만나 또 하나의 유려한 이야기, 이른바 모노가타리성 짙은 서평 에세이가 구현되는 양상은 다음의 대목에서 잘 드러난다.

> "황금빛 보리밭에 빨간 양귀비가 피어 있어요"라고 어딘가에서 본 풍경을 시어머니께 이야기한 적이 있다. "꿈을 꾸는 듯 아름다웠어요." 그러면 농가 출신의 그녀는 뭔가 이상하다는 듯 아리송한 표정으로 나를 쳐다보았다. "망측해라, 양귀비가 피어 있는 보리밭이 아름답다니." 그녀는 그렇게 말했다. "우리한테는 수치야. 그건 잡초에 지나지

않으니까."

「로렌초의 밤」에 나오는 보리밭을 보면서 나는 이탈리아에 아직 완전히 동화되지 않았던 시절의 나 자신을, 그리고 시어머니와 나누었던 그 대화를 떠올렸다. 농민의 노고가 어린 보람찬 결실의 상징인 보리밭에 빨간 양귀비꽃이 피어 있으면 체면이 서질 않는 법이다. 이 주변 땅에서 자란 타비아니 형제라면 당연히 그걸 충분히 알고도 남았을 터, 그래서라고 할 수 있을지는 모르겠지만 이 영화는 양귀비꽃 대신 자신들의 손으로 자유를 지켜내려던 사람들의 빨강 피로 보리밭을 물들인다.

(「보리밭에 핀 빨간 양귀비 꽃」)

스가 아쓰코는 황금빛 보리밭에 핀 빨간 양귀비가 남이탈리아의 마을 사람들에게는 망측하고 수치스러운 잡초에 불과한 것이라는 시어머니와의 대화 장면과, 나치에 협력하는 무솔리니에 대항하여 서투른 총격전을 펼치는 마을 사람의 모습을 담담히 배치시킨다. 「로렌초의 밤」을 연출한 타비아니 형제의 상세한 성장 배경이나 작품에 대한 장황한 비평문 인용은 과감히 생략한다. 그런데도 황금빛 보리밭에 핀 '빨간'

양귀비꽃과 흩뿌려진 마을 사람들의 '빨간' 피는 자연스럽게 연결고리를 가지며 강렬한 인상을 남긴다. '흘려도 되지 않을 피'라는 상징성이 효과적으로 전해져 오기 때문이다. 작가가 영화를 통해 느낀, 전쟁의 시대를 살아낸 남이탈리아 사람들의 역사성과 깊은 상흔이 모노가타리적 구성을 통해 오롯이 전달되는 대목이다.

스가 아쓰코 에세이의 모노가타리성은 문체적 측면에서도 두드러진다. 일본의 문예평론가 유카와 유타카 역시 '모노가타리적 방법'이라고 지적한 것인데, 이는 직설적 감정 표현을 자제한 절제된 글쓰기를 지향했던 스가 아쓰코 언어 특유의 담백함을 말한다. 유카와에 따르면 스가 아쓰코의 글쓰기 방식은 메이지 시대 이후의 일본 사소설에서 드러나는 감성에 호소하는 글쓰기와는 정반대 지점에 놓여 있다.[1] 스가 아쓰코의 문장이 어딘지 모를 쓸쓸함에 함몰되지 않고 행간에 스며 있는 삶의 아이러니와 그것을 비집고 나오는 단단함 같은 것을 효과적으로 전달해내는 이유는 그녀의 과장되지 않은 문체적 특성에서 비롯된 것이라 할 수 있다.

1 「스가 아쓰코를 다시 읽다」『새로운 스가 아쓰코』, 유카와 유타카 편저, 슈에이샤, 2015.

스가 아쓰코의 글이 유려한 수사로만 가득 찬 에세이와 결을 달리할 수 있는 것은 이와 같은 모노가타리적 구성과 문체에 역사적 통찰력과 비판력을 겸하고 있기 때문이다. 실제로 열 살부터 이십대 중반까지 제2차 세계대전을 겪었고, 1960년대 격동하는 이탈리아 사회에서 좌파 가톨릭 인사들과 어울렸던 스가 아쓰코는 '앞서 살았던 사람들의 뼈로 이뤄진 이 대지 위'를 디디고 서는 일을 게을리하지 않았다. 그녀가 전쟁과 파시즘에 대한 비판의 끈을 놓지 않은 다음 작품들을 선정했다는 것이 그 방증이다.

'야마토는 침몰하지 않는다'라고 배운 대로 굳게 믿고 있는 소녀에게 '가라앉지 않는 배는 배가 아니란다'라고 진실을 알려주며 소녀의 밀선을 묵인했던 장교가 그 나름대로의 진심으로 군부를 비판하고 있음을 넌지시 암시하는 설정이다. 비판의 강도가 약해서(그것이 현실 속 일본 '지식인'이 할 수 있는 저항의 한계였다고 하더라도) 불만이 남긴 하지만, '속았던' 오키나와 소녀를 개입시킴으로써 명쾌하고 깊은 상징성을 획득하고 있다. (「『여름 소녀 · 들어라, 바다의 소리를』, 하야사카 아키라」)

이런 사람들이 있기에 인간 세계가 진정한 의미로 인간다워짐을 영상으로 풍부하게 표현해내는 것이 펠리니의 뛰어난 능력 중 하나다. 그래서 나는 그의 영화, 특히 이 「아마코드」를 볼 때마다 그가 나치즘이나 파시즘이 범한 죄의 잔인성과 포악함을 인간 전체의 범주로 다룸으로써 속죄하고 있다는 느낌을 강하게 받는다. (「우리 마음이 사랑하는 어떤 것」)

스가 아쓰코는 이처럼 '전해져야만 하는 역사'와 함께 '전해져야만 하는 언어'에 대해서도 끊임없이 고민했다. 손꼽히는 이탈리아문학 번역가로서, 모국어권 바깥의 체류자로서 그녀는 전해지지 못한 언어를 수면 위로 끌어올리는 작업에 공들였다. 『소금 1톤의 독서』에는 '복수의 언어 사이를 끊임없이 왕복해야만' 했던 작가나 번역가의 고뇌에 공감하고 그들의 작품에 보내는 스가 아쓰코의 세심한 시선이 잘 녹아들어 있다.

그녀는 특히 번역과정에서 소실되는 언어보다는 오히려 다른 언어와 문화 사이의 교류과정에서 부상하는 문화적 생산물에 관심을 기울였고, 국경을 넘나드는 언어와 문화의 교차점에서 발현되는 자기완성의 기회와 새로운 고전의 탄생 가능성에 주목했다. (「『인도 야상곡』과 분신」「매혹적인 '외국어' 문학」「사진의 예감에 이끌려」「『번역사의 프롬나드』, 쓰지 유미」)

여러 개의 언어 사이를 줄곧 왕복해야만 하는 번역이라는 일에 엮인 시인이 직면했던 모순이 행간에 스며들어 있다. 그것은 동시에 현실과 허구라는 두 개의 다른 세계를 왕래하는 모든 작가의 고통과 불안이기도 하며 더욱이 궁극의 자기완성은 우리 내부에 있는 다른 모든 가능성을 인내심 있게 펼쳐 보이는 복잡한 작업임을 상기시켜준다.

텍스트에서뿐만이 아니다. 그녀는 실제 자신의 삶에서도 언어와 문화를 초월한 사람들 간의 만남을 실천했다. 「소설 속의 가족」에 등장하는 큰 집, 레 마르게리테에 모여서 삶을 공유하고 서로를 돌봤던 주세페와 친구들이 그랬듯이, 스가 아쓰코 또한 밀라노의 코르시아 서점에 모인 동료들과 이상을 공유하고 사랑과 우정을 나눴다. 그녀의 심도 있는 일련의 수필이 그 같은 개인적 체험에서 발현된 것임은 물론이다. 이 책은 스가 아쓰코의 이 같은 고민과 실천이 독서 체험에 공명한 결과물이다.

삶과 내면이 책을 매개로 사회와 조우해 역사와 현실에 대한 깊은 울림을 던지는 순간들로 빼곡한 스가 아쓰코의 문장을 번역이라는 틀 안에서 재현하는 일은 결코 녹록치 않았음을 고백한다. 문장의 호흡이 지나치게 길더라도 되도록 끊지 않고 그 리듬을 살리려 했고, 부족한 정보는 역주를 달아 독자의 이해를 돕고자 했다. 남은 것은 '번역되는 과정에서 필연적으로 파괴되는 것들을 넘어서' 전해지는 '보편적 아름다움'의 힘을 믿는 일뿐이다.

2019년 9월

김아름

출처

소금 1톤의 독서, 『독서의 권유讀書のすすめ』, 이와나미신서, 1993년 5월.
이후 동명의 이와나미문고, 1997년 10월 16일.

I

유르스나르의 작고 하얀 집, 『요미우리 신문』, 1996년 11월 29일.
미도리 씨의 책, 『베네치아 생활』 해설, 헤이본사, 1994년 8월 15일.
이치요의 참을성, 『문예』 가을 호, 가와데쇼보신사, 1996년 8월.
『인도 야상곡』과 분신, 『요미우리 신문』, 1991년 6월 17일.
세 가지 지구적 감성의 교착, 『요미우리 신문』, 1991년 10월 21일.
매혹적인 '외국어' 문학, 『아사히 신문』, 1996년 7월 7일.
사진의 예감에 이끌려, 『아사히 신문』, 1996년 8월 31일.
북쪽의 깊이, 남쪽의 상냥함, 『아사히 신문』, 1996년 12월 8일.
독서 일기, 『부인공론』, 추오코론사, 1991년 11월 호.
우리 마음이 사랑하는 것, 『요미우리 신문』, 1993년 11월 10일.
보리밭에 핀 빨간 양귀비꽃, 『인생은 영화에서 배웠다』, 가와데쇼보신사, 1994년 12월 28일.
우리는 타인에게 무엇을 빚지고 있는 걸까, 『주간문춘』, 분게이슌슈, 1996년 1월 25일.

II

소설 속의 가족,『SPAZIO』 제33호, 일본오리벳티, 1986년 6월.

작품 속의 '모노가타리'와 '소설',『국어통신』 봄 호, 1991년 4월.

III

『번역사의 프롬나드』, 쓰지 유미,『마이니치 신문』, 1993년 6월 15일.

『이탈리아 기행』, 괴테,『아사히 신문』, 1993년 10월 4일.

『뉴욕 산책 – 길을 걷다 39』, 시바 료타로,『마이니치 신문』, 1994년 3월 7일.

『조르주 상드의 편지』, 조르주 상드,『아사히 신문』, 1996년 4월 7일.

『교수형의 언덕』, 에사 드케이로스,『아사히 신문』, 1996년 4월 28일.

『기구의 꿈 – 하늘의 유토피아』, 기타오 미치후유,『아사히 신문』, 1996년 5월 19일.

『어제의 깨달음 – 재난 연도의 기록』, 나카이 히사오,『주간문춘』, 분게이슌슈, 1996년 5월 23일.

『제라르 필리프 전기』, 제라르 보나르,『아사히 신문』, 1996년 6월 9일.

『토머스 쿡의 여행』, 혼조 노부히사,『아사히 신문』, 1996년 7월 21일.

『제임스 조이스 전기』, 리처드 엘먼,『아사히 신문』, 1996년 9월 1일.

『여름 소녀 · 들어라, 바다의 소리를』, 하야사카 아키라,『아사히 신문』, 1996년 10월 6일.

『이집트로부터』, 장 그르니에,『아사히 신문』, 1996년 11월 10일.

『작가살이』, 애니 딜러드, 『아사히 신문』, 1997년 1월 19일.

『모래처럼 잠들다 – 예전에 '전후'라고 하는 시대가 있었다』, 세키가와 나쓰오, 해설 신조문고, 1997년 2월 1일.

『프라토의 중세 상인』, 이리스 오리고, 『아사히 신문』, 1997년 3월 9일.

『뼈』, 페멘응, 『아사히 신문』, 1997년 6월 1일.

『전쟁의 슬픔』, 바오닌, 『아사히 신문』, 1997년 7월 13일.

스가 아쓰코 전집 제2권~제4권(2000, 가와데쇼보신사)을 바탕으로 했다.

소금 1톤의 독서

1판 1쇄 2019년 10월 25일
1판 2쇄 2020년 3월 16일

지은이 스가 아쓰코
옮긴이 김아름
펴낸이 강성민
편집장 이은혜
기획 노만수
마케팅 정민호 김도윤 고희수
홍보 김희숙 김상만 오혜림 지문희 우상희 김현지

펴낸곳 (주)글항아리 | 출판등록 2009년 1월 19일 제406-2009-000002호

주소 10881 경기도 파주시 회동길 210
전자우편 bookpot@hanmail.net
전화번호 031-955-1934(편집부) 031-955-2696(마케팅)
팩스 031-955-2557

ISBN 978-89-6735-673-6 03830

이 도서의 국립중앙도서관 출판시도서목록(CIP)은 서지정보유통지원시스템 홈페이지(http://seoji.nl.go.kr)와 국가자료공동목록시스템(http://www.nl.go.kr/kolisnet)에서 이용하실 수 있습니다. (CIP제어번호 : CIP2019036612)

geulhangari.com

잘못된 책은 구입하신 서점에서 교환해드립니다.
기타 교환 문의 031) 955-2661, 3580